엑스트라

엑스트라

지혜진 장편소설

보이지 않아도, 거기 있는 너에게

나에게는 결코 사소할 수 없었던

그 일을 떠올려 보았다.

아직 일 년이 채 지나지 않았다.

어디서부터 이야기를 시작해야 할까.

나는 학교를 나왔다.

사람들은 그런 나를

자퇴생이라고 불렀다.

여러 사람 속에 섞여 있는 걸

어려워하는 내가 촬영장에서 엑스트라를 하다니.

이건 내 인생에 또 하나의

아이러니가 됐다.

차례

풀숏

다들 당황한 눈치였다. 우리 앞에 놓인 건 얇은 민소매 티셔츠와 쇼트 팬츠였다. 첫 촬영을 단합 대회 겸 마라톤 신(scene)으로 시작한다고 할 때부터 달갑지 않았다. 봄이 온다는 호들갑을 들은 지가 언젠데 반갑지 않은 꽃샘추위가 첫 촬영의 불청객이 되고 말았다. 이른 아침부터 강바람을 맞는 것도 내키지 않는데 얇은 마라톤 복장으로 추위와 맞서야 한다니.

여기저기서 불만이 나올 수밖에 없었다. 게다가 대본상 날씨는 여름인데, 달달 떨려 오는 몸은 그렇다 치고 입김은 어떻게 할 거냐며 저마다 한마디씩 입을 보탰다. 그러다 우리는 어차피 엑스트라니까 그런 것까지 걱정할 필요는 없다는 말에 모두들

동조하고 말았다. 결국 마지막 비난의 화살은 제작 팀도 꽃샘추위도 아닌 주인공 임세나를 향해 날아갔다.

"지난주 목요일 촬영인데 취소됐잖아요."

"맞아요. 임세나가 해외 지면 광고 촬영이 있는데, 스케줄이 엉키는 바람에 그렇게 됐대요."

"그거 진짜래요? 헛소문이라는 말도 있던데."

다들 어디서 발 빠르게 소식을 듣는 건지 그저 신기할 따름이었다.

"어쨌든 지난주는 날씨 좋았잖아."

엑스트라로 모인 우리의 첫인사는 날씨에 대한 불만에서 임세나를 둘러싼 가십성 이야기로 연결되었다. 한 사람을 향한 험담은 그것을 함께 나눈 사람을 친밀하게 만들어 주는 고약한 속성이 있다. 마침 근처를 지나가던 제작진이 우리 쪽에서 나온 말을 듣고 다가왔다.

"첫 촬영인데 서로 기분 좋게 시작합시다. 네?"

모두 눈치를 보며 입을 꾹 다물었다.

"어디 가서 소문 내지 말고요. 촬영 시작도 안 했는데 임세나 뜯어 먹는 기사부터 나가면 우리 다 곤란해지는 거 알죠? 특별히 조심 좀 해 줘요. 안 그래도 지금 임세나한테 하나만 걸려라 하고 온 매체가 난리라는데."

전부 입을 다물고 딴청을 피웠다.

"아, 그리고 나는 최정명 조감독이에요. 그냥 최조라고 불러요. 끝에 님이라고 붙여 주면 좋고요."

최조가 캡 모자를 벗고는 피곤하다는 듯 손으로 머리카락을 흩뜨렸다. 며칠째 머리를 못 감았는지 죽죽 갈라지는 머리카락 사이로 두피가 훤히 드러났다.

요즘 인터넷 매체에서는 하루도 빠짐없이 임세나에 관한 기사가 쏟아지고 있었다. 성공한 아이돌 그룹 출신이면서 연기에도 도전해 온 임세나는 하이브랜드 광고와 영화에서 러브 콜을 받고 있었다.

이번 영화는 임세나가 심사숙고 끝에 골랐다는 첫 스크린 데뷔작이었다. 그러니 당연히 대중의 입방아에 오를 충분한 자격이 되고도 남았다. 더욱이 고만고만한 성형 미인들 틈에서 단연 돋보이는 독특한 마스크와 솔직담백한 화법은 많은 사람들의 시선을 붙잡아 두기에 충분했다. 반면 크게 주목받은 만큼 금방 소모될 이미지라는 이야기 또한 항간에 떠돌았다. 아직 첫 촬영을 시작하지도 않았는데 임세나에 관한 억측과 추측 기사가 떠돌고 있으니 제작 팀에서도 쉬쉬하는 분위기가 된 것이다.

제작 팀에서는 이런 문제에 집중하는 것이 당연했지만, 우리에겐 큰 문제가 아니었다. 임세나는 우리의 걱정이나 도움과는 상관없는 완전히 다른 세계의 사람이니까. 우리에겐 그저 눈앞에 놓인 이 옷을 어떻게 입어야 하느냐 하는 문제만 있었다. 한 가지 바람이 있다면 임세나가 연기력을 충분히 발휘해서 오늘 촬영이 빨리 끝났으면 하는 것뿐이었다.

마라톤 의상을 집어 들었다. 너무 얇았다. 이걸 입는 것과 입지 않는 것의 차이를 전혀 모를 정도였다.

"추운데 이것만 입어요?"

최조를 향해 누가 소리치자, 그가 다시 우리 쪽으로 다가왔다. 최조는 점퍼 주머니에서 휴대폰을 꺼냈다.

"곽 실장? 오늘 추운데 덜렁 이것만 입힐 거야? 이번에 그 뭐야, 교육부 협찬까지 받는데 괜히 말 나오면 곤란하잖아. 안에 입을 수 있는 옷 좀 찾아보고 엑스트라 대기 구역으로 좀 갖다줘요. 응?"

최조가 자기는 할 일을 다 했다는 뉘앙스로 손을 흔들며 가던 길을 재촉했다. 등을 돌린 그가 뭐라고 혼잣말을 하는지 하얀 입김이 쉴 새 없이 뿜어져 나왔다.

몇 분 뒤, 의상 팀 막내 스태프 두 명이 양팔 가득 옷 보따리를 들고 나타났다. 매트 위에 보따리를 풀자 그 안에서 검은색, 하얀색 쫄쫄이가 나왔다. 상하의가 뒤죽박죽된 상태를 보자 그 옷을 껴입고 싶은 마음이 싹 사라졌다. 내가 주춤거리는 사이 다른 엑스트라들은 상하의를 같은 색으로 꿰입기 시작했다. 쫄쫄이는 금방 눈앞에서 사라지고 말았다. 아무것도 잡지 못한 사람은 나를 포함해서 열댓 명쯤 되는 것 같았다.

"아니, 도대체 이 옷 냄새 어쩔 거야. 차라리 각자 이너웨어 가져오라고 했으면 좋았잖아요."

누군가의 퉁명스러운 반응에 동그란 은색 안경을 쓴 스태프가 미안한 표정을 지으며 말했다.

"미안합니다. 일기 예보가 이렇게 엇나갈 줄 몰랐어요. 거기다 대본상 여름이기도 해서 준비를 따로 할 생각을 미처 못 했어요."

앳된 얼굴을 한 스태프의 공손한 태도에 불만은 서서히 잦아들었다. 첫 촬영이니만큼 모두 긴장한 듯 보였고, 일종의 '기 싸움'을 하는 것처럼 보이기도 했다. 뭐든 처음부터 얕보여서 좋을 건 없다. 그렇지만 딱 봐도 제일 막내로 보이는 어린 스태프에게 더 뭐라 할 상황은 아니었으니 다들 입 다물고 본업으로 돌아가야 했다. 그 스태프는 고개를 꾸벅 숙이고는 대기 구역을 빠져나갔다.

오늘부터 내가 엑스트라로 참여할 영화는 〈러닝메이트〉라는 작품이다. 교육부에서 주관하는 극본 공모전에서 대상을 받았다는데, 화제가 된 이유는 단연 임세나의 영화 데뷔작이 되었기 때문이다. 십 대에게 열렬한 지지를 받고 있는 임세나가 십 대를 위한 영화에 출연한다고 하니 화제성만으로도 벌써 흥행은 보증된 셈이라는 말이 돌았다.

하지만 난 그런 것들엔 별 관심이 없었다. 이 작품 전에 엑스트라로 광고 두 편을 촬영했고, 이번이 세 번째 작품이다. 이번엔 호흡이 긴 영화에 참여하게 되어 어떤 사람들과 작업하게 될까 며칠 전부터 긴장이 됐다.

여러 사람 속에 섞여 있는 걸 어려워하는 내가 촬영장에서 엑스트라를 하다니. 이건 내 인생에 또 하나의 아이러니가 됐다. 광고니 영화니 하는 것에 큰 꿈이 있을 리 없고, 이 일을 특별히 경험해 보고 싶은 마음도 없었다. 딱히 알바로 돈을 벌어 뭘 사고 싶다는 생각도 없었다. 그저 '엑스트라'라는 이름표를 공식적으로 달고 싶었다. 더는 밖으로 밀려나지 않으려 애쓰지 않아도 되는 공식적인 일. 부단히 애를 쓰며 보낸 지난 시간에 대한 일종의 자구책이었다. 첫 촬영 날이라 모든 것이 어색하고 불편하긴 했지만 큰 불평은 없었다. 나는 엑스트라에 가장 최적화한 열여덟 해의 시간을 지나왔다. 다만 그 시간을 공식적으로 인정하는 것이 처음일 뿐.

"자, 나만 추운 거 아니죠? 첫 신이니까 집중해서 잘해 봅시다."

이이찬 감독이 메인 카메라 주변을 서성이며 목소리를 높였다. 이 감독은 종아리까지 내려오는 롱 패딩을 입고 목에는 두툼한 목도리까지 두르고 있었다. 그는 두꺼운 장갑을 낀 손을 머리 위로 올리며 주먹을 불끈 쥐었다.

"임세나 씨 준비됐어요?"

메가폰을 통과한 이 감독의 목소리가 마라톤 대열 맨 앞줄의 임세나를 향했다. 임세나는 롱 패딩 위에 극세사 담요를 두른 채 메이크업을 고치고 있었다. 나를 포함한 엑스트라들은 임세나 뒤에 서 있었다. 대부분 하얀색, 검은색 쫄쫄이를 입었지만 사방에서 불어오는 바람을 맨몸으로 막기엔 역부족이었다. 앞뒤, 옆에서 추위에 떠는 소리가 요란스레 들렸다. 우리 줄에서 쫄쫄이를 입지 않은 사람은 나밖에 없었다. 정수리 위로 바람이 지나가자 온몸에 소름이 돋았다. 가방에 넣어 둔 야구 모자 생각이 간절했다.

마침 아까부터 임세나 뒤를 바짝 따라다니던 코디가 비니 하나를 꺼내 임세나에게 건넸다. 임세나가 비니를 쓰려는 순간, 이 감독이 최조에게 눈짓을 보냈다. 최조가 임세나에게 달려갔다.

"아니, 이걸 쓰면 어떡해. 여름 설정인 거 알아요 몰라요?"

임세나 코디가 퉁명스럽게 대답했다.

"여름에도 쓸 수 있죠. 이것도 다 패션이잖아요."

최조가 할 말을 잃은 듯 머리를 긁적였다.

"감독님이 빼래요. 첫 촬영이니까 순조롭게 갑시다, 응?"

임세나는 아무 상관 없다는 듯 비니를 쓰고 매무새를 가다듬었다. 뒷모습에서도 패셔니스타다운 아우라를 뿜어냈다. 자기한테 가장 잘 어울리는 것이 무엇인지 아니까 준비해 왔을 거다. 결국 최조가 임세나를 설득하지 못하자, 이 감독이 임세나 쪽으로 성큼성큼 다가왔다. 그러고는 임세나 귀에 대고 뭐라고 말을 하는 것 같았다. 하얀 입김이 그들 사이에서 모락모락 피어올랐다. 곧 임세나가 비니를 벗었다. 나는 최조만 우스워졌다고 생각했다.

"아, 추워. 얼른 좀 시작해요."

뒤에서 또 군말이 나왔다. 임세나가 그 말을 들었는지 뒤를 돌아보았다.

"죄송합니다. 죄송합니다."

임세나가 허리를 꾸벅 숙이며 우리 쪽을 보고 사과했다. 깍듯하고 예의 바른 그의 태도에 전부 입이 꼭 붙어 버렸다. 그 뒤에 기다렸다는 듯 누가 "자, 모두들 파이팅이요!" 하며 기운을 불어넣자 분위기가 좀 부드러워졌다. 조금이라도 체온을 유지하고 싶어 양팔을 옆구리에 딱 붙이고 몸을 긴장시켰다.

카메라가 서서히 돌아갈 준비를 하자, 임세나 주위로 스태프들이 몰려와 극세사 담요와 롱 패딩을 걷어 갔다. 하얗고 매끈한 임세나의 팔다리가 훤히 드러났다.

"자, 카메라 오케이. 신 넘버 1. 카메라 액션!"

최조가 슬레이트를 힘차게 내려치고 빠르게 앵글을 벗어났다. 그리고 맨 앞줄에 선 임세나가 예정된 동선을 따라 달리기 시작했다. 차가운 한강 물을 머금은 바람이 우리 대열의 정면으로 불어닥쳤다. 몸이 얼어붙을 것 같았지만 촬영이니까 참아야 했다. 나뿐 아니라 이 앵글 안에 있는 모든 사람들이 다 똑같은 조건에 놓여 있었다.

임세나가 달리는 보폭에 맞춰 우리도 뒤를 따랐다. 뛰면 좀 나으리라는 내 예상은 착각이었다. 바람이 강하게 내 몸을 떠밀어 헉 소리가 절로 튀어나왔다.

"컷! 컷!"

벌써 네 번째 NG였다. 이 감독의 지시에 모두 움직임을 멈췄다. 가까이에서 지켜보던 스태프들이 롱 패딩과 극세사 담요를 들고 임세나 곁으로 몰려들었다.

"하, 마음에 안 들어. 그림이 왜 이렇게밖에 안 나오지?"

이 감독이 메가폰을 통해 한숨을 푹푹 내쉬었다. 그러고는 잠시 후, 뚱한 얼굴을 하고 우리 쪽으로 걸어왔다.

"안 되겠다. 쫄쫄이 입은 사람들은 다 뒤로 보내고, 민소매 옷 입은 사람들은 앞줄에 세워. 옷이 뒤죽박죽이라 임세나랑 그림이 안 맞아."

같이 따라온 최조가 이 감독의 지시에 우리 대열 안으로 들어왔다.

"들었죠? 쫄쫄이 입으신 분들은 뒤로, 쫄쫄이 안 입으신 분들은 앞으로 서 주세요."

사람들이 일사불란하게 움직였다. 앞에 서는 건 내키지 않아 조용히 뒤로 가려던 찰나, 최조의 손에 의해 임세나 바로 뒷줄로 끌어당겨졌다. 내 양옆으로 사람들이 신속하게 채워졌다. 이제 옴짝달싹할 수 없게 됐다. 내 앞에 선 임세나의 뒷모습이 너무 자세하게 보였다. 사람 머릿결이 저렇게 빛날 수 있다는 사실이 놀라웠다. 몸과 마음이 더 움츠러졌다. 나는 양팔을 최대한 옆구리에 딱 붙이고 꼿꼿이 섰다. 배에 붙인 번호판이 바람에 펄럭였다.

"자, 굳은 결심이 드러나게 감정 잘 잡고. 응? 다시 한번 가 봅시다."

카메라가 다시 돌자, 임세나를 둘러싼 패딩이 또다시 걷혀졌다. 임세나의 목덜미에 자잘한 소름이 돋는 게 한눈에 보였다. 그만큼 가까이 있었다. 임세나의 가느다란 두 팔이 미세하게 떨리고 있었다. 임세나는 두 팔을 보기 좋은 각도로 구부리고 앞뒤로 흔들며 예쁘게 주인공답게 뛰었다. 완벽한 임세나와 그 반대인 내가 한 숏에 잡힌다고 생각하니 자꾸만 움직임이 작아졌다. 몸에 잔뜩 힘이 들어갔다. 어떻게든 아무런 존재감 없이 앵글에 잡히기만을 바랐다. 추워서 몸의 감각이 점점 더 둔해지는데도, 딱 붙인 양쪽 겨드랑이에서는 희한하게 땀이 났다. 긴장했다는 증거였다.

"엔지! 엔지!"

이 감독은 또 뭐가 마음에 안 드는지 다시 촬영을 멈췄다. 촬영장은 순식간에 꽃샘추위보다 더 지독한 한파가 몰아치는 분위기에 싸였다.

"세나 씨, 표정 신경 써야지. 너무 밋밋해. 이 신은 주인공 공예진이 흑화하는 지점이라고."

이 감독은 대본에서 지문과 대사만 외운다고 끝이 아니라, 그 속에 숨은 감정선을 파악하고 작가의 의도를 창조하는 것까지가 완성이라며 잔소리를 늘어놓았다. 두툼하게 갖춰 입은 그의 잔소리가 야속하게 느껴졌다.

"너무 추워요. 얼굴이 얼어서 표정이 안 지어진다고요."

임세나가 손바닥으로 두 뺨을 감싸 쥐었다. 스태프들이 몰려가 임세나를 꽁꽁 감싸 줬다. 최조는 휴대용 미니 난로를 가져가 임세나 얼굴 근처에 들이댔다.

"앗, 뜨거워!"

임세나가 소리치자 최조가 깜짝 놀라 몇 발짝 뒤로 물러섰다. 임세나 매니저가 달려와 괜찮으냐며 임세나를 아기 다루듯했다. 그는 주머니에서 핫팩을 꺼내 임세나 얼굴에 갖다 댔다. 촬영이 이런 식으로 자꾸 지체되는 동안 촬영의 악조건은 모두 임세나 탓이 되어 버렸다.

이 감독은 임세나를 제대로 키워 내야 한다는 자신만의 계획이 있는 것 같았다. 얼마 전 소개된 매체 인터뷰를 보고 확실히 느낄 수 있었다. 이 감독은 어리고 촉망받는 라이징 스타를 제대로 키워 내 임세나 필모그래피의 뿌리가 되고 싶어 하는 욕심을 숨기지 않았다. 나는 왠지 그 인터뷰가 기분 나빠서 '싫어요'까지 누르고 말았다. 임세나가 이 감독의 계획에 찬성했는지 알 수 없었기 때문이다.

어쨌든 다시 시작된 촬영에서도 임세나는 여전히 헤매기만 했다. 임세나는 거의 울상이 되었고, 그 뒤에서 맨몸으로 추위를 견디는 우리도 마찬가지였다. 이 앵글 밖의 사람들만이 제대로 추위를 피하면서 앵글 안의 우리를 몰아붙이고 있었다.

그래도 카메라는 돌아가고, 벌써 열세 번째 테이크. 뒤에서 보는 임세나의 두 팔에 힘이 하나도 없는 게 또렷이 느껴졌다.

지친 숨소리가 바로 뒤 나에게까지 들렸다.

"컷! 컷!"

이 감독의 컷 사인에 이전과 다른 가시가 돋쳐 있었다. 임세나도 눈치챘는지 그대로 무릎을 꿇고 주저앉았다. 그러자 임세나 코디가 부리나케 달려왔다. 이 감독이 대본을 두루마리 휴지처럼 말아 쥐고 임세나 쪽을 쳐다봤다. 이 장소에 있는 모든 사람들이 임세나만 바라보고 있었다. 책임감을 요구하고 비난하는 눈빛이었다. 그런 눈빛을 받으면 기분이 과연 어떨까? 누가 뭐래도 주인공이니 아무렇지 않을 수 있을까? 나는 추위고 뭐고 이제 인간적으로 임세나가 안쓰러워 대신 뭐라도 해 주고 싶은 심정이었다.

그때였다.

"하아! 거기, 386번! 똑바로 팔 안 움직여요?"

이 감독이 임세나 뒤쪽을 보며 소리를 질렀다. 신경질이 잔뜩 묻어나는 표정이 선글라스를 뚫고 나올 듯했다. 그런데 386번? 익숙한 번호였다. 임세나 코디가 바닥에 엎드린 임세나를 다독이며 얼굴과 내 가슴팍을 번갈아 바라봤다. 나는 고개를 숙여 내 상의에 붙은 번호를 확인했다. 386번, 바로 나였다.

"임세나 바로 뒤에 섰으면 똑바로 달려야지. 아까부터 386번만 팔 안 움직이고 뭐 하는 거죠?"

순간 머릿속에서 쨍 하고 얼음 깨지는 소리가 났다.

"어디 예고야? 어디 엔터 소속이야?"

이 감독은 다짜고짜 내 출신부터 확인하려 들었다. 그러나 아쉽게도 나는 그 둘 중 어디에도 속하지 않았다. 내가 대답을 못 하고 우물쭈물하자, 이 감독이 짜증스러운 말투로 나를 몰아붙였다.

"지금 와서 모니터 좀 봐요. 얼마나 웃기게 나오는지."

이 감독이 나를 향해 손목을 까딱거렸다.

나는 그가 왜 나에게 책임을 전가하는지 직감적으로 알아차렸다. 나는 이런 상황에는 눈치가 빨라도 너무 빨랐다. 첫 촬영이고 모두 지켜보는 가운데 우리의 주인공을 더 궁지로 몰기에는 이 감독도 부담스러울 거다. 아니면 임세나에게 '네가 제대로 하지 않으면 다른 사람이 피해를 보고 말 거야'라는 신호이거나.

하지만 아무리 그렇다고 해도, 이런 대우가 당연히 받아야 할 내 몫이라는 생각은 요만큼도 들지 않았다. 물론 내 몸이 부자연스럽게 움직였을 수는 있다. 그렇지만 엑스트라가 연기를 못한다고 욕을 먹었다는 말은, 그것도 이렇게 대놓고 망신을 당했다는 말은 들어 본 적 없었다. 어차피 임세나 뒤로는 모조리 아웃 포커싱 당할 운명이다.

"세나 씨, 이거 연기잖아. 임세나 씨 지금 개인적으로 힘든 건 감정에서 빼고, 연기로만 생각해야지."

이 감독 말에 임세나가 가까스로 몸을 일으켰다. 하얗고 가느다란 다리가 추위로 울긋불긋했다. 임세나가 뒤를 힐끔 쳐다봤다. 두 눈에 눈물이 고여 있었다. 임세나도 알았을 거다. 이런 말도 안 되는 상황이 왜 벌어졌는지를. 임세나는 자기 팔을 핫팩으로 문지르고 있는 코디를 밀어제치고 앵글을 벗어나 달음박질쳤다. 코디가 놀란 듯 임세나 뒤를 따라갔고, 촬영은 또 중단됐다.

이 감독은 더는 나한테 아무 말도 하지 않았다. 아니, 애초에 아무 볼일 없었다는 듯 투명 인간 취급을 했다. 주인공이 빠져나간 마당에 당연한 일이었다. 함께 배경처럼 서 있던 사람들도 눈치를 보더니 앵글을 벗어났다. 나만 우스워졌다는 걸 깨달았을 때, 차가운 바람에라도 의지하며 정신을 차리려 했지만 쉽지 않았다. 어디까지 밀려나야 가장자리 끝에라도 서 있을 수 있을까. 도무지 쉽지 않았다.

임세나가 도망쳤고 첫 촬영은 망했다는 말이 무색하게 촬영은 다시 시작됐다. 임세나는 어디서 울고 왔는지 눈시울이 붉어졌고, 그런 임세나 옆에 분장 팀이 붙어 메이크업을 수정했다. 촬영 팀에서 누가 분위기를 풀어 보겠다고 제법 재밌는 농담을 던진 덕분에 얼어붙은 분위기가 조금 누그러진 듯 했다.

나는 다시 임세나 뒤에 섰다. 임세나는 몸을 가볍게 움직이며 촬영에 집중하려는 듯이 보였다. 나 또한 감독에게 지적을 받고 싶진 않았기에 몸을 어떻게 움직이면 좋을지 고민했다. 물론 임세나가 이번에 오케이를 받는다면 내 고민은 아무 필요가 없어진다.

나는 임세나 발꿈치를 보며 뛰었다. 추워서 뻣뻣해진 상체를 더 흔들고 움직임을 크게 해 보려 애썼다. 카메라가 임세나를 따라가며 열심히 움직였다. 모두 숨을 몰아쉬며 지쳐 가는 찰나, 드디어 이 감독의 컷 사인이 떨어졌다.

"자 자, 임세나 클로즈업 숏은 다 땄고, 이제 드론 띄워서 풀 숏 한 번 갑시다."

임세나는 긴장이 풀어졌는지 그대로 땅바닥에 손바닥을 짚고 주저앉았다.

이로써 이 감독은 임세나 위주의 클로즈업 숏을 찍으려고 나를 망신 줬다는 사실이 확실해졌다. 그리고 여기에 있는 사람들 중 어느 누구도 내 일에는 아무런 관심이 없다는 것도 알게 됐다. 임세나는 컷을 얻어 면죄부를 얻었고, 나는 변명할 필요조차 없이 관심 밖으로 던져졌다. 나만 억울한 일이 되면 그뿐이었다. 괜한 자격지심이 아닐까 하는 생각도 들었다. 아무도 기억하지 못하는 거 그냥 쿨하게 잊어버리면 될 텐데. 결국은 화살을 또 나에게 돌리고 말았다.

어디서 날아왔는지 드론 하나가 매미 소리를 내며 하늘 높이 떠올랐다.

"자연스럽게 자기 속도대로 뛰면 됩니다. 뒤처지면 뒤처지는 대로, 앞지르면 앞지르는 대로 자연스럽게 뛰세요."

최조가 대략적인 움직임을 지시하자 우리는 큐 사인에 맞춰 한강 변을 또 달렸다. 나는 이제 앞에 서는 것은 그만하고 싶어 자연스럽게 맨 뒤로 밀려났지만, 앞서 달리는 사람들을 보며 내 속도를 조절했다. 대열에서 너무 멀어지는 건 불안했기 때문이다. 나는 내가 어느 위치에 있고 싶은지 항상 헷갈렸다. 마치 일기 예보를 무시하고 찾아온 꽃샘추위처럼, 겨울도 아니고 봄도 아닌 그 환절기의 변덕처럼.

"좋습니다."

이 감독이 컷 사인을 외쳤다. 그 소리와 함께 앞서 뛰는 사람들 사이의 간격이 점점 더 벌어졌고, 모두 자연스럽게 앵글 밖으로 벗어났다. 그런데 사람들이 빠져나간 자리 한가운데에서 어떤 남자가 허리를 반쯤 숙인 채 가슴을 두드리고 있었다. 다른 엑스트라들은 추위를 피해 대기 구역으로 가느라 그 남자를 보지 못한 것 같았다.

"우욱……. 우에에엑!"

민소매 상의에 짧은 바지를 입은 남자가 근처에 있는 벤치를 붙잡고 구역질을 했다. 오늘 함께 촬영한 엑스트라였다.

"우어어어억, 우우우욱!"

찬 바람 때문인지 헛구역질을 심하게 했다.

"아, 아……. 등, 등 좀 두, 두드려…… 줘요."

그 남자는 고개도 들지 못하고 나를 향해 손짓했다. 도와줄 사람이 나밖에 없었다.

"토하고 싶으면 토하세요."

"네, 네……. 우우엑……."

나는 주먹을 가볍게 쥐고 그 남자의 등을 두드렸다. 깡마른 등짝이 안타까웠다. 다행히 신물이 올라오는 정도인 것 같았다.

"어흑, 돼, 됐어요. 이제 괜찮아요."

그 남자는 손으로 입가를 훔치고는 고개를 들었다. 딱 봐도 앳된 얼굴이 내 또래쯤으로 보였다. 곱슬곱슬한 앞머리가 땀에 흥건히 젖어 있었다. 둘러보니 촬영 팀이 마련해 놓은 천막 테이블 위에 캔 커피 몇 개가 놓여 있었다. 얼른 뛰어가 캔 커피 하나를 가져왔다. 아직 따뜻했다.

"이것 좀 마셔 봐요."

고개를 푹 숙이고 있는 남자애 옆에 캔 커피를 올려놓았다.

"있는 힘껏 참고 있었는데 컷 소리 나기 직전에 헛구역질이 올라왔어요. 임세나 바로 뒤에서 얼굴 나오게 하려고 열심히 달렸는데, 화면에 잡혔는지 안 잡혔는지 모르겠어요."

그건 나도 알 방법이 없었다.

"오늘 틈날 때마다 근육 펌핑까지 했는데, 갑자기 천식이 올라와서……."

팔다리가 깡마른 그 남자애는 아쉽다는 듯 땀에 젖은 앞머리를 손으로 흩뜨렸다. 나는 대꾸할 말이 없어 어색하게 서 있기만 했다.

그때, 핑크색 드론 하나가 위이잉 소리를 내며 머리 위로 날았다. 천천히 부드러운 곡선을 그리며 높이 날아오른 핑크 드론은 임세나가 서 있는 곳 위에서 뱅글뱅글 맴돌았다. 한강 변에서 뒷마무리를 하고 있던 임세나가 고개를 들자, 핑크 드론이 딱 멈춰 섰다. 그러고는 '펑' 소리와 함께 드론에서 기다란 핑크색 플래카드가 아래로 펼쳐졌다.

임세나 첫 촬영 축하해. 우린 너만 보여. 영원히 너만 볼게.

영화 제작사, 투자 회사, 팬들이 함께 마련한 깜짝 이벤트였다. 깜짝쇼에 모두 놀란 것도 잠시, 어디서 분홍색 풍선 수십여 개가 하늘로 날아올랐다. 임세나가 감격한 듯 하늘을 향해 손을 흔들었다. 오직 임세나 한 사람, 주인공을 위한 이벤트였다. 대기 구역에 있던 사람들도 깜짝 이벤트 이야기를 듣고 밖으로 나와 있었다.

"뭐야, 아까 엔지 많이 낸다고 분위기 살벌하게 만든 것도 다 깜짝쇼였던 거야?"

아무도 부정하지 않았다. 이 감독은 오늘 처음으로 사람 좋은 얼굴을 하며 웃고 있었다.

"감독님, 이것도 촬영되고 있는 거예요?"

임세나는 아까와는 다른 눈물을 흘리며 이 감독을 향해 소리쳤다. 멀찍이 떨어져 있던 이 감독이 손을 흔들며 화답했다.

"응. 나중에 메이킹 필름으로 쓰려고."

이 감독의 목소리는 촉촉한 생크림 같았다.

드론 두 개가 다가올 봄을 재촉하듯 공중에서 날고 있었다. 분홍빛 풍선, 바람 따라 우아하게 펄럭이는 플래카드. 이벤트라는 말이 어울려 넘치도록 사랑스러웠다. 울며 뛰쳐나갔던 주인공도, 목소리를 높이며 분위기를 얼어붙게 한 감독도, 함께 뛰어 준 엑스트라들의 푸념도 아무 일도 아닌 것이 되어 버렸다. 시간이 지나면 다 괜찮은 걸까? 때로는 아름답게 기억되기도 하는 걸까?

헛구역질을 하던 남자애는 어깨가 축 처져서 벤치에서 일어났다. 저 남자애도 시간이 지나면 오늘의 안타까운 마음을 추억으로 되새길까? 시간을 앞서 나갈 재주가 없기에 알 수 없는 일이다.

이마에 닿은 한기에 눈이 번쩍 떠졌다. 창문에 이마를 대고 깜빡 잠든 모양이었다. 잠이 덜 깬 몽롱한 상태로 주위를 둘러보았다. 고속버스 안이 조용했다. 아침부터 찬 바람을 맞으며 달리기를 해서 그런지 모두 잠에 빠진 듯했다. 조금이라도 부스럭거렸다간 전부 깨워 버릴 것 같아서 움직임이 저절로 조심스러워졌다.

김이 서린 차창을 손가락으로 문질렀다. 조그맣게 생긴 틈으로 차창 밖을 내다봤다. 한강 바람에 맞서던 몸이 후끈했다. 의자 위아래에서 뿜어 나오는 히터 열기에 얼굴이 달아올랐다. 몸이 자꾸 축축 처졌다. 엄마에게 메시지를 보냈다.

– 오늘 저녁 반찬 뭐야?

집에 가서 저녁밥을 양껏 먹고 그대로 침대에 고꾸라지고 싶었다. 차창 밖을 내다보려는데 어느새 김이 서려 시야가 흐릿해졌다. 나는 다시 차창을 손가락으로 문질러 계속 나만의 작은 앵글을 만들었다. 띠링, 휴대폰 알림이 울렸다.

– 잘 지내?

호연이 메시지였다. 당황할 새도 없이 한 번 더 띠링.

- 네가 없는 학교는 지옥이야.

이런 메시지를 뜬금없이 보내는 호연이를 이해할 수 없었다. 휴대폰을 가방 주머니에 집어넣었다. 그새 또 뿌예진 차창을 다시 손가락으로 문질렀다. 좁은 시야 너머로 횡단보도가 보였고, 교복 입은 여자애 둘이 팔짱을 낀 채 걸어가고 있었다. 나도 호연이랑 학교라는 공간 안에서 함께인 시간이 있었다. 우리가 서로를 조금 더 이해했더라면 우리도 저 아이들처럼 팔짱을 끼고 아무 이야기나 하면서 함께 시간을 보낼 수 있었을 거다.

그러나 우리는 사람들이 흔히 말하는 친구가 아니었다. 적어도 나에겐 그랬다. 친구이고 싶지 않았다. 그래도 잠시나마 함께 보낸 시간을 나는 그저 '서로의 필요'에 따른 것이었다고 결론 내렸다. 아무튼 나는 호연이를 비롯해 '친구'라고 명명할 수 없는 관계에서 빠져나왔다.

고작 머리띠 하나 때문에 생긴, 다른 아이들에겐 사소했지만 나에게는 결코 사소할 수 없었던 그 일을 떠올려 보았다. 다시 머리가 무거워졌다. 아직 일 년이 채 지나지 않았다. 어디서부터 이야기를 시작해야 할까. 나는 학교를 나왔다. 사람들은 그런 나를 자퇴생이라고 불렀다.

쓸데없는 챌린지

옆 반 담임이 앞문을 열고 우리 반 교실로 들어왔다. 우리 담임이 출근 중 자동차가 도로 한복판에서 퍼지는 바람에 조금 늦는다는 소식을 전했다. 옆 반 담임은 조용히 자습하라는 말을 남기고 교실을 나갔다. 오늘 1교시는 국어. 담임 수업이었다.

몇몇 아이들이 가방에서 주섬주섬 뭔가를 꺼냈고, 나도 책상 서랍에서 수학 문제집을 꺼냈다.

'국어 피해서 수학이라니.'

어젯밤에 풀다가 포기한 문제를 다시 들여다보았다. 문제는 여전히 풀릴 줄을 몰랐고, 눈은 점점 감겨 왔다. 공부라는 건 다

때가 있다는 말이 나는 싫었다. 어떤 이에게는 그때가 지금이 아닐 수도 있다는 점은 아무도 고려하지 않았으니까. 또 공부란 시험에 나올 법한 문제를 읽고 푸는 것만이 전부는 아니지 않나. 학교는 의외로 가장 편협한 시선을 지닌 공간이었다. 공부와 때가 아니어도 머리 아플 일은 너무나 많았다. 이런저런 생각 때문인지 눈꺼풀이 점점 더 무거워졌다.

잠시 엎드리려는 찰나, 뒤쪽이 점점 소란스러워졌다. 안 봐도 알 수 있다. 이 공간에서 유일하게 모두의 부러움을 사는 아이, 그 아이가 또 무슨 재미난 일을 벌이고 있는 거다.

"최진아, 너 또 뭐야?"

나은이 목소리에 뒤를 돌아보니, 진아가 유니콘 머리띠를 하고 앉아 고개를 까딱까딱 흔들고 있었다. 커다란 유니콘 인형이 머리띠 한가운데 매달려 있었다. 뽐내듯 길고 굵은 뿔을 앞으로 쭉 내민 유니콘이었다.

그때 창가 앞쪽에 앉은 아랑이가 웃으며 가방에서 똑같은 유니콘 머리띠를 꺼내 썼다. 진아랑 아랑이가 서로 마주 보며 키득키득 웃었다. 나는 나은이 표정을 살폈다. 나은이는 혼자만 뭐 씹은 얼굴을 하며 아랑이를 쳐다보고 있었다. 아마 진아가 갖고 있는 걸 아랑이가 자기보다 먼저 가져왔기 때문일 거다.

진아는 우리 학교, 아니 우리 지역구에서 가장 유명한 애다.

예쁘고 귀여운 얼굴, 남다른 패션 감각, 특별히 모나지 않은 성격
이 모든 이의 호감을 사기에 충분했다. 거기다 뭐든 열심히 하는
편이어서 선생님들한테 늘 관심을 받곤 했다. 학교 선배들도 진
아를 예뻐했다. 서로 자기 동아리로 들어오라며 구애 작전을 펼
쳤다. 그런 진아에겐 특별한 친구들이 많았다. 예를 들면 나은이,
아랑이 같은.

"진아야, 그거 어디서 샀어? 왜 나한테 미리 말 안 했어?"

"어제 타이니 숍에서 충동구매 했거든. 말할 틈이 없었어."

말할 틈이 없었다니 나은이가 더 따져 물을 일이 아니었다. 나
은이는 진아 옆으로 조르르 달려와 진아 의자를 비집고 앉았다.
진아가 바짝 붙어 앉은 나은이를 보며 말했다.

"이거 정말 귀엽지 않아? 나 어릴 때 유니콘 진짜 좋아했거든."

"나도 유니콘 좋아했어. 유치원 때 내 애착 인형이 유니콘이
라고 말해 준 적 있지 않아?"

"그래? 오늘 처음 들었는데?"

"어! 내가 몇 번 말한 것 같은데……."

아랑이가 달려와 진아 앞자리인 내 자리를 비집고 앉았다. 나
은이가 진아 의자에 자기 지분이 있다고 생각하는 것처럼, 아랑
이도 내 의자에 자기 지분이 있다고 생각하는 듯했다. 처음에 하
던 미안, 고마워 같은 말도 요즘에는 아예 하지 않는 걸 보면 말

이다. 그렇지만 상관없다. 난 교실에서 인기 있는 애들이 하는 이야기를 가까이서 보고 듣는 게 좋았다.

"이거 어제 두 개밖에 안 남은 걸 우리가 운 좋게 샀잖아."

아랑이 말에 진아가 맞장구를 쳤다.

"너희 둘이 어제 타이니 숍에 같이 갔었어?"

나은이가 둘을 향해 묻는 말에 약간 날이 서 있었다.

"응. 그리고 우리 집 가서 피자도 먹었는데, 왜?"

아랑이가 자랑하듯 말하자, 뒤에 있는 나은이 표정이 어떨지 안 봐도 훤했다.

분위기가 살짝 묘해지자 진아가 자리에서 벌떡 일어났다.

"아랑, 우리 쓸데없는 챌린지 4탄 한번 만들어 볼까?"

진아의 제안에 반 아이들이 모두 진아를 쳐다봤다. 진아의 작은 머리에 얹힌 유니콘 뿔이 늠름했다. 진아가 머리띠를 붙잡고 더 크게 고개를 흔들었다. 반 아이들이 호응하자 진아가 더 열심히 헤드뱅잉을 했다. 아랑이도 일어나 진아처럼 고개를 열심히 흔들었다. 둘이 마주 보고 고개를 흔들자, 두 뿔이 서로 싸움하듯 툭툭 부딪쳤다. 진아랑 아랑이는 갑작스러운 뿔싸움에 신이 났고, 반 아이들은 모두 재미난 구경에 신이 났다. 딱 한 명, 나은이만 빼고.

"뭐야, 최진아! 고개 힘 진짜 장난 아니네."

"누가 먼저 상대방 머리띠 벗기는지 해 보는 거다."

"오, 좋아."

둘은 뿔싸움을 하며 우스꽝스러운 몸짓을 만들어 냈다. 그런 몸짓을 해도 진아는 여전히 예쁘고 매력적이었다.

"끼아아아아악!"

진아가 괴성과 함께 커다란 반원을 그리며 고개를 휘둘렀고, 그와 동시에 아랑이 머리띠가 툭 하고 바닥으로 떨어졌다. 그리고 교실 앞문이 열렸다. 담임이었다.

"어이구, 뭐 하냐? 지난번 곰 발바닥, 비빔밥, 연지 곤지도 모자라서 이번엔 또 뭐야?"

"아, 선생님! 지금 쓸데없는 챌린지 4탄이요."

얼마 전, 진아는 커다란 곰 발바닥 슬리퍼를 신고 와서 온종일 교실 바닥을 쓸고 다녔다. 그러자 반 애들이 그걸 보고 너나없이 곰 발바닥 슬리퍼를 신고 왔다. 교실 바닥이 털북숭이 발바닥으로 뒤덮여 있으니 아주 기괴했다. 수학 선생님이 징그럽다며 전부 슬리퍼 벗으라고 소리 지르기까지 했다. 반 아이들이 곰 발바닥을 벗어서 교실 뒤편에 모아 두었는데, 거짓말 요만큼 보태서 곰 한 마리가 뒤에 서 있는 것 같았다.

또 하루는 진아가 급식 대신 비빔밥을 만들어 먹자고 해서 다들 큰 양푼에 넣을 나물, 채소와 계란 등을 가져왔다. 그런데 참기름 병뚜껑이 열려 있는 줄을 모르고 교실 바닥에 다 쏟는 바람에 참기름은 냄새로만 먹었다. 참기름 냄새는 그날 오후 내내 교실에 남아 교과 선생님들한테 핀잔을 들었다.

연지 곤지 스티커는 별것 아니었다. 반 애들이 모두 연지 곤지 스티커를 두 뺨과 이마에 붙인 채 수업을 들은 거였다. 아이들이 모두 그러고 있으니 어떤 선생님은 강시 같다며 무섭다고 했다.

아무튼 이런저런 이벤트를 떠올리며 웃을 수 있는 이유는 이 모든 일의 처음과 끝이 진아였기 때문이다. 어느 누구도 미워할 수 없는 진아, 누구에게나 사랑받는 진아라서 가능했다. 난 그런 진아랑 친해지고 싶었다. 진아는 나에게 아무 관심도 없었지만.

진아가 유니콘 머리띠를 고쳐 쓰며 씩 웃자, 담임이 피식 웃었다.

"선생님 저한테 정말 고마워하셔야 해요."

"내가? 왜?"

담임이 어이없다는 투로 어깨를 으쓱 들어올렸다.

"귀중한 수업 시간을 헛되이 보낼 수 없어 제가 친구들에게 재미난 걸 보여 줬잖아요. 선생님 수업보다 더 재미있기가 쉬운 일이 아닌데, 그 어려운 걸 제가 해냈어요."

몇몇 아이가 웃자 담임도 웃으며 교탁 앞에 섰다. 아무도 진아를 미워할 수 없다.

"그래, 고맙다. 그럼 이제 재미있는 국어 수업을 시작해 볼까?"

아랑이랑 나은이는 자리로 돌아갔고, 나는 의자를 고쳐 앉았다. 진아가 얼마나 열심히 고개를 흔들었는지 향긋한 샴푸 냄새에 땀 냄새가 섞여 내 쪽으로 흘러들었다.

"선생님, 오늘은 수업하지 말고 다른 얘기 하면 안 돼요? 어차피 1교시 끝날 시간도 얼마 안 남았어요."

진아 말에 아이들이 열렬히 호응했다. 잠깐 난감한 표정을 짓던 담임은 진도가 다른 반보다 빠르다며 교탁 위에 놓인 교과서를 덮었다.

"그래, 좋아. 마침 어제 흥미로운 영상을 봐서 너희랑 이야기를 나눠 보고 싶었어. 시간은 흐르지 않는다는 주제야. 어때? 너희의 고정관념을 깰 아주 흥미진진한 주제 아니니?"

아이들은 지루한 이야기일 거라는 걸 알아채고 볼멘소리를 냈다. 하지만 그렇다고 이야기를 멈출 담임이 아니었다.

"우리는 서로 다른 시공간을 살고 있다는 거야. 나의 지금이 누구에겐 미래가 된다는 거지. 내가 어디에 서 있는지에 따라 우리는 서로 다른 것을 보고 있으니까. 이게 바로 아인슈타인의 상대성 이론인데 말이지."

아인슈타인까지 나오자 아이들의 불만이 여기저기서 튀어
나왔다.

"선생님, 그냥 지난번 첫사랑 2탄 들려주시면 안 돼요?"

진아 말에 아이들이 좋다며 분위기를 몰아갔다.

"이 녀석들아, 탈모 때문에 망한 첫사랑 이야기를 누가 2탄까
지 하고 싶겠냐? 응?"

담임 말에 모두 웃어 버렸다. 올봄 새로 맞췄다는 가발을 쓰
다듬는 담임의 표정이 착잡해 보였다.

"자 자, 내 말을 끝까지 들어 봐. 그러니까 내가 하고 싶은 말
은 우리에게는 모두 자신만의 시공간 좌표계가 있다는 거야. 너
와 나의 시간은 모두 다르기 때문에 시간은 흐른다는 관념이 깨
지는 거지. 우리는 모두 지금이라는 이 순간에 있는 거야. 항상
내가 어디에서 어느 만큼의 속도로 가고 있는지 내가 지닌 좌표
계를 확인해야 해. 내가 어디에 서 있는지에 따라 나의 대학이
달라지니까. 지금 최선을 다해 보자고."

대학이라는 말이 나오고 나서야 담임은 흡족한 표정을 지었
고, 나를 포함한 아이들의 표정은 금방 어두워졌다.

"5분 있으면 1교시 끝나니까 조용히 주변 정리하면서 마무리
하자."

담임의 말에 진아가 벌떡 일어섰다.

"시간은 흐르지 않는다고 하셔 놓고 5분이라니요?"

심각해졌던 아이들이 진아의 대꾸에 재미있다는 반응을 보였다. 나도 아무 생각 없이 따라 웃다가 곧 묘한 감정에 휩싸였다. 이게 정말 웃을 일인가? 같은 말도 누가 하느냐에 따라 아이들의 반응은 달랐다. 학교라는 공간은 모두를 위한 곳임을 강조했지만, 오로지 주인공의 좌표로만 움직이는 공간이었다. 그 주인공들과 발맞추지 못하면 어딘가에서 사라져 버릴 것만 같은 절박함이 늘 공존했다.

담임의 말에 나는 내가 어디에 서 있는지에 대한 질문 하나를 마음속에 띄워 놓았다. 다들 평평하고 안정된 공간 위에 서 있는데, 나만 몹시 휘어 있거나 가파른 곳에 서 있는 느낌이었다. 이 공간은 나를 불안하게 만드는 유일한 곳이었다.

"호연이 쟤 아직도 혼자 밥 먹어?"

소란스러운 급식실에서도 아랑이 목소리는 또렷이 들렸다. 호연이는 늘 그렇듯 담담한 표정으로 밥을 먹고 있었다. 급식실에서 혼자 밥을 먹는 애는 호연이뿐이었다. 내가 호연이었다면 점심밥을 굶었을 거다. 호연이가 혼자 밥을 먹은 지는 꽤 오래됐다. 그 사실을 뻔히 알면서도 모른 척하는 아랑이의 말은 다분히 의도적이었다. 호연이 얘기를 하며 말끝을 길게 늘이는 것만 봐도 그랬다. 호연이가 혼자 밥을 먹든 말든 아무도 개의치 않는다는 걸 모두에게 또 한 번 알려 줄 뿐이었다.

"호연이랑 같이 밥 먹자고 해야 하는 거 아냐?"

아랑이 말에 다들 입을 꾹 다물었다.

"진짜 아이러니야. 하나같이 천사랑 밥 먹기를 거부하다니."

아랑이가 진미채를 오물거리며 말했다.

"그래도 너무 오래 혼자 먹는 것 같은데."

아랑이가 호연이 이야기를 하는 건 나은이를 견제하기 위해서다. 호연이가 혼자가 된 이유는 나은이가 따돌린 서정이 때문이었다. 아랑이가 서정이 이야기를 꺼내자 나은이 표정이 굳어졌다. 나은이는 아랑이가 진아와 자기 사이를 갈라 놓을까 봐 늘 신경이 곤두서 있었다. 유니콘 머리띠 하나에도 표정 관리가 안 되는 것만 봐도 그랬다.

서정이는 진아랑 오래된 찐친이었다. 유치원 때부터 단짝이었다는 둘 사이에 금이 간 건 나은이 때문이었다. 고등학교에 들어오면서 진아가 나은이와 급격히 친해지는 바람에, 서정이는 그 흔한 예고편도 없이 혼자가 되었다. 나은이가 진아와 서정이 사이를 어떻게 갈라놓았는지 아무도 관심을 두지 않았다. 앞으로 서정이처럼 자신이 혼자가 되지 않는 것만이 중요한 관심사였다. 진아와 나은이 눈 밖에 나지 않는 것이 더 중요했다.

나도 그랬다. 갑작스레 혼자가 된 서정이 옆에 호연이가 있어 주려 했을 때도 나는 호연이를 말렸다. 서정이를 도와주려다 호연이가 타깃이 될까 걱정돼서가 아니었다. 호연이랑 다니는 내가 덩달아 피해를 볼까 걱정이었다. 그러나 호연이는 쉬는 시간에 늘 엎드려 흐느끼는 서정이 옆에 있어 주었고, 밥을 먹지 않으려는 서정이 팔짱을 끼고 급식실에 가곤 했다. 나는 서정이와 호연이 뒤에서 머뭇거렸다. 최대한 그 둘의 상호 작용에 아무 관심이 없는 척, 상관없는 척하느라 온종일 긴장해 있었다.

"그만둬. 너까지 곤란해지면 어쩌려고 그래? 나은이가 서정이한테 저러는 거 이제 시작인 거 몰라?"

호연이의 무덤덤한 표정에 신경이 날카로워졌다.

"기호연! 나은이가 서정이 다음은 너라고 했대."

호연이가 나를 물끄러미 바라봤다.

"그렇다고 어떻게 서정이를 혼자 둬?"

호연이의 표정은 담담했지만 나는 불안했다. 만약 나은이랑 아이들이 호연이를 따돌린다면 나는 갈 곳이 없었다. 누가 내게 호연이와 친구냐고 묻는다면 나는 쉽게 대답을 할 수 없었다. 중학교를 졸업할 때까지 나는 유치원과 학교라는 공간에서 거의 혼자였고, 고등학교에 와서도 힘겹게 적응해야 했다. 그런 나에게 유일하게, 처음으로 다가온 아이가 호연이였다. 우리가 같이

다니게 된 건 관심사가 맞아서도 아니었고, 특별히 서로에게 매력을 느껴서도 아니었다. 그저 누구건 필요했기 때문이었다.

그렇지만 호연이가 혼자가 된다면, 나는 호연이 옆에 있어 줄 자신이 없었다. 호연이 편을 들어 주다가 내가 나은이의 타깃이 될까 봐 두려웠다. 호연이를 믿을 수도 없었다. 내가 말리는데 서정이를 위해 나서는 것만 봐도 그랬다.

"서정이 곧 캐나다로 떠난대. 한국에 있는 동안만이라도 우리가 친구가 되어 줄 수 있잖아."

정말 쓸데없는 일이었다. 불안한 둘이 되느니, 차라리 혼자 다시 시작하는 편이 낫겠다 싶었다. 어렵겠지만 또 다른 친구를 사귈 수도 있으니까. 그리고 복도에서 나은이가 아랑이와 나눈 말이 내게는 결정타가 되었다.

"쟤 기호연 중학교 때 별명이 천사였다며? 적응 못 하는 애들만 골라서 친구 한다고."

"맞아, 유명했어. 유명한데, 아무도 안 알아주는 걸로 유명했지."

내가 적응하지 못하는 애라는 걸 낙인찍을 사람은 바로 천사, 호연이였다. 호연이의 천사 코스프레는 말 그대로 쓸데없는 챌린지였다. 나는 아주 자연스럽고 빠르게 호연이에게서 떨어져 나왔고, 호연이는 익숙하다는 듯 천사라는 이름표를 달고 혼자 교실을 떠다녔다.

그리고 나는 다시 혼자가 되지 않으려 몹시도 애를 썼다. 방법은 하나, 인기 있는 아이들 틈에 있는 것이었다. 끈끈하게 진아 옆에 있어 주는 나은이와 아랑이. 그리고 그 둘 사이에서 중심을 잘 잡고 있는 진아. 그 애들의 관계가 안전하게 느껴졌다. 물론 그 애들은 나를 친구로 여기지 않겠지만 호연이 옆에 있는 것보다는 훨씬 나은 선택이었다.

마침 그 무렵 진아와 부쩍 친해진 아랑이가 내 자리에 자주 찾아왔다. 내 뒷자리에 앉은 진아를 보려고 내 의자 반쪽을 파고드는 아랑이를 나는 늘 웃으며 맞아 주었다.

"네 자리 반은 내 거, 알지?"

아랑이는 가끔 내 어깨를 팔로 감싸 안았고, 진아랑 이야기를 나누며 무의식적으로 내 머리카락을 쓰다듬기도 했다. 그럴 때면 나는 의식적으로 호연이를 쳐다보게 됐다. 호연이와 눈이 마주치면, 나는 보란 듯이 아랑이에게 몸을 살짝 기댔다.

나는 그 아이들이 나누는 이야기에 집중했다. 진아가 내 자리 쪽으로 지우개나 샤프 따위를 떨어뜨리면 열심히 주워 줬고, 그 애들의 SNS에 빠짐없이 '좋아요'를 눌렀다. 그럴수록 나는 내 일상을 공유할 친구가 어느 때보다 간절해졌다. 그 애들과 같은 시공간 좌표계를 지닌 친구가 되고 싶었다.

1층에서 엄마가 부르는 소리가 들렸다. 배달 나갈 세탁물 정리를 도와야 할 시간이었다. 1층은 세탁소, 2층은 우리 세 식구가 사는 공간이다. 작고 오래된 2층짜리 이 단독 건물은 엄마 아빠가 이룬 삶의 모든 것이었다. 그러므로 나에게도 유일한 안식처이기에 충분한 공간이었다. 1층으로 내려가자 엄마가 행어에 걸린 옷들을 차례대로 차에 걸라고 했다.

"갔다 올게. 저녁밥 먼저 먹지 말고 기다려."

운전석에 앉은 아빠가 엄마에게 신신당부를 했다. 엄마가 알았다며 자동차 엉덩이를 툭툭 쳤다.

"장신혜, 너도 아빠 말 들었지?"

나도 자동차 보조석 유리창을 툭툭 쳤다.

"알았어. 당연한 걸 만날 왜 물어보고 그래."

이 년 전, 아빠는 세탁한 옷을 배달하러 나갔다가 교통사고를 당했다. 엄마랑 나는 그날 둘이서 참치김치찌개를 먼저 먹고 있다가 사고 전화를 받았다. 그 뒤로 우리는 배달 나가는 아빠를 꼭 마중하고 밥도 꼭 기다렸다 같이 먹었다. 그러자고 정한 건 아니었는데 어느 순간 자연스레 우리만의 규칙이 되었다.

아빠 차에 시동이 걸렸다.

신 혜 세 탁

차 옆면에 또렷이 적힌 네 글자를 볼 때마다 여러 의미로 마음이 복잡해진다. 요즘에는 멀쩡한 이름도 개명 신청을 받아 준다는 말을 에둘러 한 적이 있었다. 그렇지만, 내가 무슨 말을 하고 싶었는지 엄마 아빠는 모르는 것 같았다. 아니면 이도 저도 바꾸기 싫어 모르는 척했거나.

아빠 차가 미끄러지듯 집 앞 도로를 벗어났다. 엄마가 내 손을 잡았다. 우리는 '신혜세탁'이라고 쓰인 유리 출입문을 열고 안으로 들어갔다.

"요즘 이 머리띠가 유행이라는데, 너 가질래?"

진아랑 아랑이가 갖고 있고, 나은이가 저도 갖지 못해 안달하던 유니콘 머리띠였다.

"엄마 이거 어디서 났어?"

"누가 하나 더 얻었다고 그냥 주고 갔어. 돈 주고도 못 산다기에 얼른 받았지."

"짱코 아저씨 맞지? 또 잔돈 없다고 돈 덜 주고 이거 주고 갔지?"

엄마가 피식 웃었다. 짱코 아저씨는 연극 무대에도 서고, 가끔 TV에도 나오는 단역 배우다. 일주일에 두어 번 양복이랑 와이셔츠를 맡기는데, 꼭 한 번씩은 잔돈이 모자란다며 오백 원이나 천 원을 덜 내기 일쑤였다. 그럴 때마다 주스 한 병, 초콜릿바, 새 양말 따위를 주고 갔다. 어디서 공짜로 얻은 걸 값으로 쳐

달라는 심보가 얄미웠다. 게다가 냄새를 얼마나 기가 막히게 잘 맡는지, 가끔 2층에서 엄마가 만드는 반찬 등을 얻어 갈 때도 있었다. 하지만 오늘은 그런 짱코 아저씨가 외상값을 제대로 치른 것 같았다.

"나 가질래."

머리띠 가운데에 큼직한 유니콘 인형이 달렸고, 뾰족한 뿔이 앞으로 쑥 튀어나와 있었다. 유니콘 눈은 까만 플라스틱으로 만들어졌고, 천으로 감싼 뿔은 만져 보니 제법 딱딱했다.

"도대체 이 머리띠가 뭔데 그렇게 유명하다니?"

엄마도 머리띠를 이리저리 살펴봤다.

"쓸데없는 챌린지라고, 별 필요도 없는 걸 유행시키는 거야."

"아이고, 할 일들도 없다."

엄마가 요즘 애들의 별난 유행을 이해하기는 어려울 거다. 나도 가끔은 이런 놀이가 다 무슨 소용인지 우스울 때가 많았으니까. 그러나 이 유니콘 머리띠는 다르다. 내일 학교에 꼭 가져가고 싶었다. 나은이도 없는 걸 내가 가져간다면 진아나 아랑이랑 조금 더 가까워질 수도 있을 테니까.

"근데 이 머리띠 마감이 왜 이렇게 허술해?"

세탁소에서 옷 수선만 15년째인 엄마 눈에 완벽한 마감질이라는 게 세상에 존재하기는 할까?

나는 머리띠를 들고 2층 내 방으로 올라왔다. 휴대폰으로 유니콘 머리띠 사진을 찍었다. 내일 애들이랑 이걸 쓰고 같이 사진을 찍은 다음, 내 SNS에 올리고 싶었다. 얼른 학교에 가고 싶었고, 이런 마음이 들기는 처음이라는 사실을 새삼 깨달았다. 가방을 정리하면서 나도 모르게 콧노래를 부르고 있다는 걸 알아차리고 조금 웃기까지 했다.

보였다가 곧 사라지고 마는

점심 급식을 먹고 자리에 앉았다. 삼삼오오 모여 떠드는 아이들도 있고 몰려오는 식곤증을 이기지 못해 자리에 엎드려 자는 아이도 있었다. 나는 그냥 자리에 앉아 교실을 한가로이 부유하는 먼지만 바라보고 있었다. 5교시 담임이 들어오면 분명 창문을 열고 교실에 꽉 들어찬 먼지를 보지 못하는 우리를 답답하다 여길 것이다.

'그러다 먼지가 인체에 미치는 영향을 설명할 테지.'

담임은 늘 내가 예상하는 대로다. 선생님은 선생님다워야 한다는 생각을 하고, 옳고 바른 말만 해 주려는 사람이었다. 반듯한 5:5 가발 가르마와 언제나 비슷한 간격의 체크무늬 남방을 보면 내 생각이 틀리지 않음을 알 수 있었다. 하지만 때때로 난감한 무늬와 색깔의 양말을 신고 온 걸 볼 때면 담임이 더 답답한 사람이라고 느껴지기도 했다.

"진아야, 이거 봐. 나도 진짜 구했다니까."

나은이가 가방에서 유니콘 머리띠를 꺼내더니 진아 자리 쪽으로 뛰어왔다. 4교시까지 '솔솔책바람' 도서 행사가 있었던 터라 이제야 유니콘 머리띠를 꺼낼 타이밍이 되었다. 나도 손꼽아 기다리던 순간이었다.

"어머, 정말이네! 이거 우리 동네에선 보기 힘들던데 어디서 구했어?"

"우리 사촌 오빠가 어제 구해 줬어."

진아랑 나은이는 자리에 찰싹 붙어 앉아 시시콜콜한 이야기를 나눴고, 그 이야기는 앞자리 나에게까지 또렷이 들렸다. 그때 아랑이가 유니콘 머리띠를 들고 내 자리로 왔다. 나는 가방 지퍼를 살짝 열었다. 똑같은 유니콘 머리띠가 내 가방 안에도 들어 있었다.

"신혜야, 땡큐."

아랑이가 내 의자를 비집고 앉았다. 나는 가볍게 몸을 움직여 아랑이에게 충분한 자리를 내주었다.

"곽나은, 우리 한판 붙을까?"

"임아랑, 진심?"

나은이랑 아랑이는 서로 예민해질 때면 꼭 성을 붙여서 이름을 부르곤 했다. 둘은 유니콘 머리띠를 하고 교실 뒤편으로 갔다. 진아도 뭐가 재밌는지 똑같은 머리띠를 하고 따라나섰다. 그리고 둘의 심판이 되었다.

"자, 둘 중에 먼저 머리띠가 벗겨지는 사람이, 음, 오늘 버블티 사는 거다?"

나은이랑 아랑이가 찬성했다.

"뿔로만 공격하는 거야. 알지?"

아이들이 재미있겠다며 우르르 교실 뒤편으로 모여들었다. 나은이와 아랑이의 자존심 싸움이라는 걸 모두 알고 있었다.

나은이와 아랑이는 앞걸음 뒷걸음 잰걸음 느린 걸음을 번갈아 사용하며 공격 타이밍을 노렸다. 구경하는 아이들 모두 이 쓸데없고도 재미난 놀이에 함께 하고 싶어 했다. 나는 가방에서 조심스레 유니콘 머리띠를 꺼냈다.

"임아랑 쟤 뭐야? 도망만 가!"

나은이가 괴성을 지르며 아랑이를 향해 돌진했다. 방심하고 있던 아랑이가 멈칫하는 사이, 둘의 머리가 부딪치면서 머리띠가 동시에 벗겨졌다.

"꺅! 곽나은 완전 무매너."

아랑이가 이마를 쓰다듬으며 나은이를 쏘아보았다.

"무매너고 뭐고, 임아랑 네 머리띠가 먼저 떨어졌어. 알지?"

"동시에 떨어졌는데 무슨 소리야?"

둘 사이에서 불꽃이 튀었다. 지켜보던 애들은 신이 났고, 진아는 미묘해진 둘 사이를 풀어 주려고 열심이었다. 그리고 나는 유니콘 머리띠를 손에 쥐고 언제쯤 저 애들 사이에 낄 수 있을까 기회만 엿보고 있었다. 자꾸만 손에서 땀이 났다.

"아, 나도 해 보고 싶다. 누구 나랑 붙을 사람?"

진아가 험악해진 분위기를 무마하려는 듯 나은이와 아랑이를 보며 물었다. 하지만 나은이와 아랑이는 아직도 감정이 풀리지 않았는지 서로 노려보고만 있었다.

"둘 중에 누가 할 거야. 응?"

진아가 유니콘 머리띠를 하고 나은이와 아랑이를 번갈아 쳐다봤다. 그럴 때마다 유니콘 뿔이 왼쪽으로 오른쪽으로 움직였다. 나는 진아 쪽으로 가까이 가면서 머리띠를 썼다. 진아가 똑같은 머리띠를 한 나를 봤다.

그때 아랑이가 진아를 불렀다.

"진아야, 나랑 하자."

아랑이 말에 가만있을 나은이가 아니다.

"내가 이겼으니까 내가 진아랑 해야지."

나는 멈춰야 했다. 그런데 누가 내 등을 떠미는 것처럼 몸이 자꾸만 앞으로 나아갔다.

"비켜 봐."

"됐거든."

"야, 너희 둘 다 왜 그래?"

나은이와 아랑이는 이제 서로의 몸을 툭툭 건드리기 시작했다. 진아가 난감해하며 그만하라고 말렸지만 둘은 이미 선을 넘을 듯 말 듯 위태로워 보였다. 결국 아랑이가 휘두른 팔이 나은이 어깨에 부딪쳤다. 그러자 화가 난 나은이가 아랑이를 세게 밀었고, 중심을 잃은 아랑이가 허우적거리며 뒤로 밀려났다. 그 짧은 찰나에 아랑이가 흘깃 뒤를 돌아보았는데, 바로 몇 발짝 뒤에 서 있던 나와 순간적으로 눈이 마주쳤다. 아랑이는 그대로 나를 향해 자기 몸을 쓰러뜨렸다. 나는 아랑이의 등을 가슴팍으로 안으며 함께 뒤로 넘어지고 말았다.

딱!

눈앞에서 별이 번쩍이고 뒤통수에서 통증이 느껴졌다. 같이 넘어진 아랑이가 외마디 욕을 뱉을 때 나와 눈이 마주쳤다. 짜증과 화가 뒤섞인 아랑이를 보자 뭐라도 말을 해야겠다는 생각을,

아니 그런 생각을 할 겨를조차 없이 한마디가 튀어나왔다.

"미, 미안해."

나은이는 아랑이가 넘어질 정도로 세게 밀지 않았다며 진아에게 변명하는 것 같았다. 그리고 바로 그때 담임이 들어왔다.

"다들 뒤에서 뭐 하는 거야? 이제 곧 시작종 치는데."

아이들이 후닥닥 자리로 돌아갔다.

"아랑이는 왜 넘어진 거야? 신혜랑 한판 붙었어?"

"네. 신혜가 발을 걸어서요."

아랑이는 넘어진 나를 흘깃 보고는 아무 말도 없이 자기 자리로 가 버렸다. 내가 미안하다고 말해서였을까? 왠지 이 소란이 나 때문에 벌어진 것처럼 되고 말았다. 하지만 혼란은 그게 다가 아니었다. 진아, 나은이, 아랑이 그리고 반 아이들 모두 내가 같은 머리띠를 했다는 걸 알고 있었다. 그런데도 아무도 몰라 줬다.

나는 넘어진 몸을 일으켜 세웠고 가만히 머리띠를 벗었다. 뿔이 삐죽 솟은 머리띠를 들고 자리로 가는데, 진아가 내 머리띠를 슬쩍 쳐다봤다. 나도 모르게 고개를 돌렸다. 진아는 아직도 유니콘 머리띠를 하고 있었다.

"최진아, 이제 머리띠 벗자. 응?"

담임이 어린애 달래듯 말하자, 진아는 애기 목소리로 "네."라고 대답했다.

나는 자리에 앉자마자 유니콘 머리띠를 가방에 욱여넣었다. 삐죽 솟은 유니콘 뿔을 손으로 꺾었다. 아무렇지 않은 듯이 굴어야 하는데, 머릿속에서 아까 벌어진 장면이 저절로 되풀이되고 있었다. 부끄러운 것도, 창피한 것도, 멋쩍은 것도 아니었다. 나는 이 불편한 감정에 도저히 이름을 붙일 수가 없었다. 고개를 더 깊이 숙였다. 펼쳐 둔 교과서의 글자를 읽으려고 했지만 눈앞이 아득했다. 고개가 자꾸 책상과 가까워졌다.

"장신혜, 왜 그렇게 고개를 숙이고 있어? 아랑이한테 미안해서 그래?"

담임이 교탁을 톡톡 두드리며 내 이름을 불렀다. 아랑이는 왜 굳이 내 쪽으로 넘어졌을까? 아랑이는 그 짧은 시간에 머리를 썼다. 나은이와 생긴 다툼에 나를 살짝 끼워 넣은 거다. 아무 일 없었다는 듯이 또 셋이 어울리려면 아까 그 다툼은 다른 아이 책임이 되어야 했다. 가장 만만한 상대는 아마 나였을 거다.

나는 담임의 지적에 가까스로 고개를 들었다. 아이들은 이럴 때만 나를 보고 있었다. 봐 주기를 원하지 않을 때. 싫었다. 그때 호연이랑 눈이 마주쳤다. 몸 어딘가가 아파 왔다.

담임은 간단한 과제를 내 주고 교실을 천천히 돌아다녔다.

나는 자꾸만 식은땀이 나는 것 같고 앉아 있는 자리가 불편해서
견디기가 힘들었다. 이 수업이 끝나면 쉬는 시간 동안 어디에 가
있을지만 생각했다. 담임이 내 뒤쪽에서 걸어오는 소리가 났다.
나는 과제에 집중하는 척을 했다.

"어? 신혜야!"

갑작스러운 담임의 호명에 가슴이 뛰었다.

"아니, 이게 뭐야? 신혜야, 너 피 나는데?"

나도 놀라 손으로 목덜미를 더듬었다. 손바닥에 피가 묻어났
다. 담임이 바지에서 손수건을 꺼내 목덜미를 닦아 주었다. 아직
도 이름을 붙이지 못한 내 감정이 숨겨 버린 통증의 정체였다.
아까 아랑이와 함께 넘어질 때, 머리띠의 어떤 부분이 내 뒤통수
를 찍은 모양이었다.

담임이 어디 좀 보자며 내 머리를 만지려고 했다.

"괜, 괜찮아요. 안 아파요."

"아니다. 지금 보건실에 가는 게 좋겠어."

담임이 호들갑을 피울수록 나는 더 태연하게 대답했다. 그래
야 '그 일'이 아무 일도 아닌 것이 된다. 아무도 기억하지 않는 일
이 된다. 그러나 담임은 지금 당장 보건실로 가 보라며 나를 일
으켜 세웠다.

"그런데 최진아, 넌 앞에 앉은 친구 머리에서 피가 나는데도

못 봤니?"

"아…….. 과제 좀 열심히 하느라고요."

진아는 대답 끝에 "큭!" 하고 웃었고, 담임은 과제를 얼마나 잘했나 보자며 진아의 책을 들추는 것 같았다. 담임과 진아 사이의 실랑이에 애들은 뭐가 재밌는지 웃음을 보냈다. 아이들의 시선은 언제나 내 뒷자리로만 향했다. 담임도, 아이들도 내가 다쳤다는 건 벌써 다 잊어버렸다. 내가 괜찮다고 말해서였을까. 내가 미안해, 라고 말해서였을까. 그것도 아니라면, 쓸데없는 애가 쓸데없는 챌린지를 해서였을까?

재는 뭐, 있으나 없으나 똑같잖아.

중학교 때, '재'가 '나'라는 걸 알았다. 있는데 없다는 게 논리적으로 가능할까? 그때도 지금처럼 몸 어디가 아팠고, 얼굴을 들 수 없었다. 정작 그런 말을 내뱉은 아이들은 뭐가 그렇게 재밌는지 웃느라 정신이 없었다. 지금도 내 뒤에선 담임과 진아를 포함해 모든 아이들이 즐거워하고 있었다. 유치원 때, 나 혼자만 짝이 없어 활동을 못 했을 때처럼 열일곱 살의 나는 또 교실의 시간이 멈추기를 바랐다.

곁눈질로 오른쪽 벽에 걸린 시계를 봤다. 초침이 규칙적으로 움직이며 시간이 흐른다는 것을 보여 주고 있었다. 어제, 시간은 흐르지 않는다는 담임의 말이 떠올랐다. 나를 둘러싼 이 공간 속 사람들은 지금 이 순간, 웃고 떠들고 책장을 들추고 주변 아이들과 이야기를 주고받으며 이 시공간을 완벽하게 공유하고 있었다.

하지만 나는 팔다리에 힘을 꽉 주고 교실 뒷문으로 향해야 했다. 뒤통수의 통증을 이제야 느낄 수 있었다. 그래도 나는 아무렇지 않아야 했다. 그래야 이 외로운 시간을 멈출 수 있다. 존재하지도 않는다는 이 시간을 멈추는 것이 가능한 일일까? 어제 담임이 한 말이 내 머릿속을 죄다 헤집어 놓았다.

'그렇다면 난 어떡해야 하지?'

나는 보잘것없고 불안정한 내 좌표계를 손에 든 채 어찌할 바를 몰라 뒤를 한 번 돌아보았다.

호연이가 걱정스러운 얼굴로 나를 보고 있었다. 이 교실에서 유일하게 나를 보고 있는 사람이 호연이였다. 이 모든 것들에서 나는 어떻게 아무렇지 않을 수 있을까. 나는 이 공간에서 나를 제거하고 싶었다. 내가 나를 그렇게 해 버리고 싶었다. 가능성이 있는 가장 현실적인 방법이었다.

호연

요 며칠 호연이와 더 자주 눈이 마주쳤다. 머리를 다친 그날부터 호연이가 나를 꾸준히 지켜보고 있다는 걸 알아챘다. 나는 호연이를 향해 인상을 찌푸릴 의욕조차 없었지만, 언젠가 한 번은 우리가 얼굴을 마주할 때가 올 거라는 생각을 하곤 했다.

"호연이 쟤 또 누구 물색한다. 맞지?"

아랑이가 내 자리를 비집고 앉아서 진아, 나은이와 대화를 이어 갔다.

"누구? 요즘 천사 필요한 애 없지 않아?"

나은이 말에 덜컹, 가슴이 내려앉았다. 그 '애'가 '나'인 것만 같았다.

나는 화장실로 달려갔다. 거울에 비친 내 모습을 똑바로 보기가 힘들었다. 눈물이 나오려는 걸 참으며 머리칼을 정리하다 뒤통수에 붙여 놓은 반창고에 손이 닿았다.

그날 1센티미터쯤 찢어진 부위에 의료용 스테이플러를 박았다. 엄마는 어쩐지 마감이 부실한 그 머리띠가 마음에 들지 않았다며 속상해하다 그걸 주고 간 짱코 아저씨 탓을 했다. 하얀색 반창고는 머리카락으로 잘 가려지지 않았고, 그 반창고를 나보다 더 많이 볼 진아 때문에 온종일 뒤가 따가웠다. 머리를 하나로 묶었다 다시 풀고 있는데, 거울 귀퉁이로 호연이가 보였다.

"신혜야."

호연이가 내 이름을 부른 것은 꽤 오랜만이었다.

"오늘 학교 끝나고 시간 있어?"

아무렇지 않게, 아무 일도 없었다는 듯 나를 대하는 호연이를 이해할 수 없었다.

"너랑 가고 싶은……."

듣고 싶지 않아 화장실을 나설 때였다.

"신혜야, 잠깐만. 10초만."

걸음을 멈추고 뒤를 돌아봤다. 호연이가 손으로 교복 치마를 꼬깃꼬깃 만지며 나를 보고 서 있었다. 나는 화장실 출입문을 닫았다.

"그래. 10초만 줄게."

나조차도 낯선, 다른 애들 앞에서는 한 번도 내보인 적 없는 무미건조한 말투였다.

"네가 가고 싶어 하는 어글리와플 가게 말이야. 거기 오픈한다 안 한다 말 많았잖아. 근데 오늘 드디어 오픈한대. 그래서 너한테 사 주고 싶어서."

몇 주 전 내가 SNS에 올린 피드를 본 모양이었다. '같이갈사람'이라고 해시태그를 달았지만 아무도 댓글을 달지 않았다.

"오늘 오픈 기념으로 어글리와플 원 플러스 원이래."

호연이는 이런 말을 하는 게 아무렇지도 않은가? 천사들은다 그런가? 자기가 착하다고 생각하기 때문에 남들도 다 자기와 같은 마음이라고 생각하나?

"싫어."

내 대답은 하나일 수밖에 없다.

"내가 음료수도 살게."

이건 또 다른 방식으로 나를 무시하는 거였다. 어찌 보면 이방법이 나를 더 불편하게 만들었다.

"너 거기 가고 싶어 했잖아."

"너랑 가고 싶어서 올린 거 아니야."

나는 최대한 아무런 감정도 섞지 않고 말하려 애썼다.

"나 아니면 같이 갈 사람 없잖아, 너."

아이들이 내 머리띠를 못 본 척했던 날보다 더 몹쓸 기분에 휩싸였다. 그런데도 왠지 웃음이 나왔다. 당황한 호연이가 내 팔을 붙잡았다. 나는 호연이 손을 뿌리치고 화장실 문을 열었다.

"신혜야, 밖에서라도 만나자. 학교에서는 아는 척 안 할게."

호연이의 다급한 말끝에 수업 시작을 알리는 종소리가 이어졌다.

도서관에 책을 반납하느라 학교에서 좀 늦게 나왔다. 호연이와 거리를 두면서부터 수업이 끝나면 도서관으로 갔다. 책을 고르면서 적당히 시간을 보내고 나오면 삼삼오오 무리 지어 교문을 나서는 애들하고 섞일 일이 없어 좋았다. 혼자 나와도 조금 덜 어색했다. 호연이와 다닐 때는 함께 교문을 나섰고 교문 앞 횡단보도에서 헤어지곤 했다. 특별히 사적인 대화를 미주알고주알 나누지는 않았지만 그냥 내 옆에 누가 있다는 그 자체로 외롭지 않아서 좋았다. 옆에 있는 존재가 호연이여서 좋은 것은 아니었다. 그러니 이런 상황이 아쉬울 것도 없었다.

"기호연!"

등 뒤에서 호연이를 부르는 소리를 들었다. 슬쩍 뒤돌아보니 1반 성진영이었다. 1반에서 유일하게 혼자 지내는 애다. 아이러니하게도 1반 담임은 반 아이들의 화합과 우정을 가장 소중히 여겼다. 화합과 우정이 다져져야 공부도 잘할 수 있다는 것이 1반 담임의 지론이었다. 그러나 담임의 강력한 레이더망을 교묘하게 비켜난 아이가 성진영이었다. 모든 애들이 다 아는 사실을 1반 담임만 몰랐다.

"미안! 오래 기다렸지?"

성진영이 뛰어간 곳은 교문이었고, 그 앞에 호연이가 서 있었다. 성진영의 사과에 호연이가 괜찮다는 듯 웃었다. 호연이가 기다렸던 애가 내가 아니어서 마음이 언짢았다. 그 언짢음이 또 언짢아졌다. 그리고 이해할 수 없는 일은 그 뒤에 일어났다. 분명 호연이를 밀쳐 두려고 애를 쓰는데 나도 모르게 그 둘의 뒤를 따라가고 있었다.

어글리와플 가게 앞은 분주했다. 출입문 앞에는 풍선과 리본으로 꾸민 아치가 세워져 있었다. 호연이와 성진영은 어글리와플 안으로 들어갔다. 투명한 통유리창에 와플 사진이 붙어 있었다. 두툼하고 투박한 와플 반죽 위에 생크림과 코코아 파우더가 아무렇게나 올라가 있었다. 그런데도 그 어글리한 모습이 먹음직스러웠다. 빵과 크림이라면 껌뻑 넘어가는 내가 손꼽아 기다려 온 오픈 날이었다. 함께 오고 싶었던 아이들도 있었다.

호연이의 시선이 통유리창 밖을 향했다. 근처에 있던 나는 호연이의 그런 모습을 지켜보았다. 테이블을 사이에 두고 마주 앉아 요즘 핫한 와플과 음료를 나눠 먹는다면 그건 친구가 맞다. 나는 혼자가 되는 것이 두려워 혼자를 선택했다. 그건 아이러니였다. 그리고 나는 정말 혼자가 되었다. 내 작은 몸을 가득 채운 수많은 마음이 뒤죽박죽 엉켜 있었다. 비참한 시간들이 지나가고 있었다.

학교에서는 진아, 나은이, 아랑이 얼굴을 쳐다볼 수 없었다. 그 애들은 어차피 나에게 어떤 관심도 호의도 없었다. 그걸 알면서도 무모했던 건 나 자신이었다. 그럼에도 아랑이는 쉬는 시간마다 내 의자의 반을 차지하곤 했다. "땡큐 신혜"라는 말도 번번이 잊지 않았다. 바로 내 뒷자리 진아는 어쩌다 한 번 내게 말을 걸곤 했는데, 바닥에 떨어진 볼펜이나 지우개를 주워 달라고 할 때뿐이었다. 나은이가 재밌지도 않은 진아의 말에 맞장구를 치며 박장대소할 때는 나도 모르게 등에 소름이 돋았다.

호연이와는 자주 눈이 마주쳤지만 서로 아무 말도 하지 않았다. 나는 냉담한 표정으로 고개를 돌렸고, 호연이는 얼마간은 나를 더 보고 있는 듯했다. 하교 종이 울리면 다른 애들과 섞이지 않으려 도서실에 들렀고, 읽지도 않을 책을 빌렸다. 교문을 나서면 호연이가 성진영을 만나 횡단보도를 건너는 모습을 봐야 했다. 나는 언제부터인지 집으로 가는 길에 '모욕'이라는 단어를 떠올렸다.

　－깔보고 욕되게 함.

　단어의 뜻을 검색했을 때, 어설프게 숨겨 두었던 일들이 머릿속을 헤집고 돌아다녔다.

　초등학교 6학년 때, 엄마가 급한 바느질을 하느라 휴대폰 스피커를 켜고 담임과 나누는 이야기를 엿들은 적이 있었다.

　"신혜는 친구들이랑 함께 어울리고 싶어 하는 것 같은데, 사회성이 부족한 건지 요령을 모르는 건지 맨날 겉도니까 본인은 얼마나 속상하겠어요."

　엄마가 바느질하던 손을 멈췄다.

　"애써서 등 떠미는 것보다 신혜 스스로 더 필요성을 느끼고 움직일 때까지 그냥 두는 것도 방법이겠다 싶어요. 6학년이면 이제 선생님이나 부모님이 친구 관계에 대해 이러쿵저러쿵 코치하기가 꽤 어렵거든요."

　교실에 선생님은 한 명뿐이고, 내 경우는 나만 티 나지 않게 혼자 힘들 뿐 교실 전체에 방해가 되는 문제는 아니었다. 그래서 그냥 나를 놔두자고 하는 것이었다. 어렵사리 선생님과 상담 전화를 한 엄마는 아무 소득 없이 전화를 끊었다. 축 처진 엄마의 뒷모습이 나에게는 아직도 선명한 기억으로 남아 있었다.

나를 잘 알지도 못하면서 마음대로 나를 결정짓고 내게 이름표를 붙이는 곳은 학교였다. 학교에 다니던 수많은 '나' 중에 내 마음에 드는 '나'는 하나도 없었다. 내 자리 책상과 의자는 언제나 낯설었다. 하루 중 모욕감을 가장 많이 느끼는 곳은 교실이고 학교였다. 그 안에 있는 사람들이었다.

집과 학교를 오가는 익숙한 길마저 낯설게 느껴졌다. 등굣길에는 학교에 가기 싫어서, 하굣길에는 등교할 때보다 무거워진 마음을 어쩌지 못해서 자꾸만 몸이 움츠러졌다. 조금 더 먼 길로 돌아서 학교에 가다 보면 차라리 길을 잃는 편이 낫겠다는 생각도 들었다. 나는 왜 이럴까를 고민하다 모든 문제가 나에게 있다는 생각에 이르면 더 참을 수가 없었다. 내가 뭘 잘못했을까. 난 그저 평범하고 단순한 친구들이 필요했을 뿐인데. 그건 잘못이 아닌데.

갑작스러운 결론은 아닌지 고민했지만, 고민이 깊어질수록 한 가지가 또렷해졌다. 내가 이 결론을 아주 오랫동안 기다려 왔다는 것이었다. 나는 더 머뭇거릴 이유가 없었다.

누구도 이해할 수 없는 일

한강 변 촬영 이후 예정된 학교 촬영이 며칠 뒤로 미뤄졌다. 나는 그동안 주로 내 방에서 시간을 보냈다. 아침엔 인강 두 개 정도를 의무적으로 들었다. 대학에 뜻이 있든 없든 검정고시는 봐야 할 것 같아서였다. 아침밥은 대부분 건너뛰었고, 점심밥은 엄마를 도와 함께 차렸다.

점심밥을 먹은 뒤에는 모자를 눌러쓰고 동네 공원을 걸었다. 그 시간 공원에 가면 마음이 편안해졌다. 할머니들이 볕이 잘 드는 벤치에 조르르 앉아 담소를 나누거나, 어린 아기들이 엄마나 아빠와 소소한 시간을 보내고 있었다. 이 시간대면 나는 늘 급식실에는 누구와 가야 할지, 밥을 먹고 남는 시간에는 누구와 시간을 보내야 할지 조급한 마음이 들곤 했다. 같은 시간을 힘들지 않게 보내고 있는 사람들을 보면 나 혼자만 힘들었던 것 같아 억울한 기분이 들 때도 있었다.

그러나 엄마 말처럼 시간이 약인지, 나는 공원에 나와 있는 사람들을 보는 게 점점 좋아졌다. 저 사람들 눈에도 내가 그렇게 보였으면 싶었다. 특별할 것 없는 그 사람들의 일상에 스며들고 싶었다. 그들에게 난 오늘 하루 결석한 학생으로 보일지도 모른다. 학교를 그만두었다는 건 사람들이 쉽게 예측하거나 이해하기 어려운 일이니까.

나는 가끔 할머니들이 자리 잡은 벤치 근처에 앉아 할머니들이 어떤 이야기를 나누는지 귀를 기울였다. 한참을 앉아 있다 보면 할머니들이 떡이나 사탕, 요구르트를 나눠 줄 때도 있었다. 진아, 나은이, 아랑이가 무슨 이야기를 하는지 듣고 있을 때와은 비교도 할 수 없을 만큼 편안했다.

엄마가 냉동고를 열었다.

"오늘 저녁 메뉴는 고등어조림이야."

"완전 좋아. 그거 내 소울 푸드잖아."

"너는 소울 푸드가 도대체 몇 개야? 떡볶이, 김치볶음밥, 닭갈비 그리고……."

"그건 화날 때 먹는 소울 푸드잖아. 고등어조림은 얼어붙은 내 마음을 녹이는 소울 푸드고."

엄마가 냉동고에서 땡땡 얼은 고등어 토막을 꺼냈다.

"그래? 고등어를 빨리 녹여야겠네."

엄마 손이 바빠졌다. 나는 휴대폰을 들고 식탁 의자에 앉아 별 관심도 없는 인터넷 기사를 읽었다.

"아까 짱코 아저씨 왔다 갔어. 너 잘하고 있는지 물어보던데."

나에게 엑스트라 아르바이트를 소개해 준 사람은 짱코 아저씨였다. 짱코 아저씨는 내 나이보다 많은 세월 동안 엑스트라 일을 해 오고 있었다.

"소개해 주고 욕 먹을까 봐 그러나 봐. 머리띠도 괜히 줘서 너 머리 다쳤다고 미안해했잖아."

엄마 말대로 마감이 허술한 머리띠 때문에 머리를 다치긴 했지만, 그건 아저씨 잘못은 아니었다. 아랑이가 내 쪽으로 넘어지는 걸 분명 보았는데 피하지 않은 건……. 내가 그러지 않아서였다. 그 짧은 순간 아랑이를 받아 줘야겠다는 생각을 했었다.

'바보 같아.'

속마음을 들키지 않으려 식탁 위에 놓인 수저통을 열었다.

"지난번 광고 촬영장보다 훨씬 좋아. 하이틴 영화라서 대우가 좋은 거래. 거기 조감독이 그랬어. 이런 분위기 또 없을 거라던데."

엄마 아빠 자리에 수저를 놓고, 내 자리에도 수저를 놓았다. 내 수저에만 특별히 내 이름이 새겨져 있다.

"알바비 모아서 뭐 할 거야?"

"생각 안 해 봤어."

"엄마 아빠한테 용돈 뭐 그런 거 안 줘도 돼."

"그런 생각은 한 번도 안 해 봤는데 어쩌지?"

오늘 학교에서는 어땠어, 급식은 맛있었니, 참고서 뭐 더 살 건 없어, 이번 학기 체험 학습은 어디로 간다고 했지, 친한 친구 이름이 뭐였지 같은 대화가 더 자연스러울 저녁 시간인지도 모른다. 하지만 엄마랑 나는 이제 학교 이야기는 전혀 하지 않는다. 내 자퇴가 엄마 아빠에게 결코 쉬운 결정이 아니었다는 것을 나도 잘 안다.

학교 그만둔 걸 후회하니, 혹시 다시 돌아가고 싶니, 너는 얼마나 힘들었니, 그때 더 말하지 못한 서러움이 있다면 말해 봐, 지금은 정말 편안한 거 맞지, 앞으로 무얼 하고 싶니……. 서로가 곤란해할 질문은 미뤄 둔 채 그저 가벼운 질문들로 서로를 무심한 듯이 살폈다.

휴대폰이 울렸다. 기다리고 있던 촬영 스케줄 공지 메시지였다.

《 중요 공지 》

1. 촬영 장소: 예솔고등학교(서울시 XX구 YY동)

2. 촬영 스케줄: 3월 27일(월요일) 오전 9:30분

3. 복장: 교복, 체육복 지급 예정(촬영 중 여러 번 입을 옷입니다. 지급된 교복을 담아 갈 가방 챙겨 오세요.)

4. 차량 지원: 서울역 앞 ZZ빌딩 앞에서 오전 8시 정각 출발

예솔고, 예솔고등학교. 긴 문자 메시지 내용 중에서 한 단어만 눈에 들어왔다.

"이게 뭐야……."

혼자 중얼거린 말을 엄마가 듣고는 무슨 일이냐고 물었다. 내가 답이 없자 엄마는 수돗물을 틀고 고등어를 씻었다. 수도꼭지에서 세차게 뿜어져 나오는 물소리가 시끄러웠다.

나는 휴대폰을 쥐고 계속 화면을 노려보았다. 오늘은 금요일, 사흘 뒤면 나는 예솔고등학교에 가야 한다. 예솔고 학생이 아니라 아르바이트, 그러니까 엑스트라로.

소울 푸드 운운하고는 밥을 먹는 둥 마는 둥 하자 엄마가 냄비에 깔린 무를 숟가락으로 푹 떠서 내 밥그릇에 올려 주었다.

"고등어보다는 무가 더 맛있잖아. 안 그래?"

아빠도 엄마처럼 똑같이 숟가락에 무를 올리며 서로 더 많이 올렸다고 강조했다. 그래도 내가 반응이 없자, 엄마 아빠가 내 눈치를 살피는 듯했다.

"신혜는 무보다는 고등어 살을 먹어야지. 특히 고등어 뱃살."

아빠가 뱃살을 발라서 내 밥그릇에 올려 주었다. 내 밥 위에 짭조름하게 간이 밴 무 조각과 두툼하면서 부드러운 고등어 뱃살이 올라왔다. 이런 귀한 걸 받았으니 이제 나도 이야기를 해야 한다.

"나 다음 주 촬영 장소가 어딘 줄 알아?"

안경 너머 아빠의 두 눈이 동그래졌다.

"예솔고."

내 말에 엄마 아빠는 동시에 숟가락을 내려놓았다. 나뿐만 아니라 엄마 아빠에게도 '예솔고'라는 단어는 결코 가볍지 않다. 잠시 침묵이 흘렀고, 나는 하얀 쌀밥 위에 무와 고등어 뱃살을 올리고 한입 밀어 넣었다.

"그래? 근데 그게 뭐?"

엄마가 대수롭지 않다는 듯 되물었다. 아빠는 엄마와 나 사이에서 눈치를 봤다.

"난 또 뭐라고."

아빠도 입장을 정한 듯 무덤덤한 반응이었다. 엄마 아빠는 지금 내 눈치를 보는 중일 거다.

엄마가 아직 채 삼키지 못한 음식물을 오물거리며 말했다.

"오지 말래도 가야지. 일당이 얼만데?"

엄마 말에 아빠가 "에이, 에이" 하며 손짓을 했다.

"아니지, 아니지. 우리 신혜가 안 가면 영화가 안 되잖아."

엄마 아빠는 내가 엑스트라로 출연한 CF 두 편에서도 나를 용케 찾아내곤 했다. 내가 봐도 슬로 모션으로 봐야 겨우 얼굴이 보일 정도인데, 엄마 아빠는 단번에 나를 찾아냈다. 뒤통수만 보여도 나를 알아봤다.

"그으럼! 어딜 가나 주인공은 우리 신혠데."

아빠 말에 피식 웃음이 났다. 주인공이라니 말도 안 된다.

"아빠, 그건 좀 오버. 내가 봐도 내가 어디에 있는지 모르겠던데 무슨 주인공이야."

이런 말을 하면서 웃을 수 있다는 게 낯설었다.

"근데 왜 하필 예솔고야."

내 푸념에 엄마 아빠는 서로 눈치만 봤다. 학교에 가는 나를 보는 엄마 아빠의 얼굴도 지금과 비슷했었다. 걱정과 응원이 함께 묻어 있는 복잡한 표정. 나는 안다. 내가 학교를 그만둔 일이 엄마 아빠의 마음을 얼마나 아프게 했는지를. 그리고 엄마 아빠가 내게 그 마음을 보이지 않으려 얼마나 애썼는지를.

일요일 저녁, 노크 소리와 함께 내 방문이 열렸다. 엄마 손에 기다란 투명 비닐이 덮인 옷걸이가 들려 있었다. 내가 입던 예솔고 교복이었다.

"혹시 이거 필요할까 싶어서."

내 교복은 언제나 '신혜세탁'의 VIP였다. 아무리 급한 세탁감이 있어도 엄마 아빠에게 최우선은 내 교복이었다.

"촬영 교복은 따로 준대."

"같은 교복인가?"

"글쎄? 다른 교복일 수도 있고. 가 봐야 아니까."

엄마는 머리를 긁적였다.

"그럼 이거 필요 없어? 혹시 같은 교복이면 다음 촬영 때 이거 입든지."

엄마가 내 시선을 피하며 교복을 벽걸이에 걸었다.

"안 맞는 걸 줄 수도 있잖아. 예쁘게 입어야 화면에 예쁘게 나오지."

엄마가 바라는 건 진짜 뭘까? 내가 어디서든 예쁘게 보이는 것? 아니면 교복을 입고 학교에 있는 그 시간들? 엄마는 비닐에 싸인 교복을 손으로 쓸어내렸다.

"엄마, 나 학교 그만둔다고 할 때, 왜 안 말렸어?"

전부터 궁금했지만 미뤄 둔 질문이었다. 엄마가 내 침대에 걸터앉으며 나를 바라봤다.

"왜? 안 말려서 섭섭했어? 엄마가 붙잡았어야 하는 거야?"

"에이, 설마⋯⋯."

엄마는 깔끔하게 세탁된 교복을 입고 나가는 내 모습을 좋아했었다.

"엄마가 누구들처럼 대단하고 화려한 인생을 살진 못했지만, 이 나이만큼 살다 보니까 그 값으로 깨달은 것들이 있어."

나는 엄마 목소리가 가느다랗게 떨리고 있다는 걸 알아챘다.

"누구나 살면서 이해받지 못할 선택을 할 때가 있다는 거야. 그런데 남들이 이해하지 못한다고 내 선택이 잘못된 건 아니더라. 누구나 이해할 수 있는 거라면, 그건 어쩌면 내 인생에서 별로 중요하지 않은 일이었을 수도 있어. 내 마음을 알아주는 사람들이 있으니까. 하지만 쉽게 이해될 수 없는 고민을 안고 있다는 건, 정말 외로운 일이잖아. 엄마는 네가 얼마나 외로웠을까 그 생각을 많이 했어."

나는 다가가 엄마의 목을 살포시 끌어안았다. 엄마에게는 언제나 세탁소 냄새가 엷게 배어 있었다.

"우리 딸, 지금도 외로운 건 아니지?"

나는 고개를 끄덕였다.

"엄마, 미안해."

엄마가 내 엉덩이를 툭툭 두드렸다. 다 괜찮다는 말로 들렸다. 내 선택이 옳았는지 아닌지는 아직 확신할 수 없다. 하지만 누구 눈에 보이려고 어설픈 흉내를 내려 하지 않아도 됐다. 보여도 보이지 않는 존재가 된 나를 나 스스로가 알아차리지 않아도 괜찮았다. '천사' 같은 대단한 존재가 필요하지 않았다. 그런 쓸쓸한 마음이 모욕으로 바뀌는 순간을 견디지 않아도 됐다. 이것 말고 나에게 중요한 것은 없었다. 아무도 내 선택을 이해할 수 없다고 해도.

"그럼 나 한번 가 볼게."

엄마는 역시나 응원과 걱정이 가득 담긴 얼굴로 내 손을 잡아 주었다. 나는 정말 혼자가 되었지만 예전만큼 외롭지 않았다. 지금 이 마음으로 다시 한번 학교에 가 본다면 나는 무엇을 알게 될까. 아주 조금 궁금하기도 했다.

다시, 학교

우리 집에서 예솔고까지는 걸어가도 충분하다. 그렇지만 서울역까지 가서 셔틀버스를 타기로 마음먹었다. 우리 집에서 서울역에 가려면 적어도 40분이 넘게 걸리는데, 아침잠을 40분 더 잘 수 있다는 건 쉽게 포기하기 힘든 조건이었다. 하지만 그 시간에 학교 쪽으로 걸어간다는 것 자체가 내키지 않았다. 가다가 혹시 아는 얼굴이라도 마주칠까 조심스러웠다. 예를 들어 진아, 나은이, 아랑이 그리고 호연이. 몇몇 얼굴이 선명하게 떠올랐다.

쓸데없는 챌린지. 왜 그 우스꽝스러운 말이 생각났을까. 쓸데없는 일은 도처에 깔려 있는데, 굳이 그걸 해야 쓸모 있는 '친구'가 될 수 있다고 믿었던 날이 생각났다. 고개가 저어졌다. 지금은 서울역으로 가는 수고에 대한 변명이나 핑계가 필요한데, 쓸데없는 챌린지 중이라면 뭐든 설명이 된다. 내가 스스로 나와 버린 학교를 다시 가야 하는 이 상황도 쓸데없는 챌린지 중이라면 설명할 수 있다.

옷장에서 감색 트레이닝복과 검은색 야구 모자를 꺼냈다. 이 정도면 어디서든 누구에게도 잘 보이지 않을 수 있다.

1층 세탁소 출입문으로 나가려는데 엄마 아빠가 뒤에서 멈칫멈칫하는 기색이 그대로 느껴졌다. 아빠는 와이셔츠를 다림질하면서도 눈은 나를 보고 있었다.

"아빠, 그러다 남의 와이셔츠에 구멍 내겠어."

나는 아빠를 향해 웃어 보였다. 내 표정을 본 아빠가 그제야 마음이 놓인다는 듯 따라 웃었다.

"너는 좀 화사하게 입지, 옷이 그게 뭐야?"

엄마가 내 등 뒤에서 어깨에 묻은 먼지를 툭툭 떨어 냈다.

"이게 편해."

"그래. 잘하고 와. 늦으면 전화하고."

"그럼 당연하지."

아빠가 지갑에서 만 원짜리 두 장을 꺼내 내밀었다. 지난번에 받은 용돈도 그대로 남아 있었다. 용돈을 쓸 데가 없었다. 밖에서 누구를 만나는 일도 없는 데다, 촬영장에 나가면 식사와 간

식까지 다 해결되었다. 그래도 용돈을 받는 건 즐거운 일이다.

"다녀올게요."

아빠가 다리미를 세워 두고 엄마와 함께 내 뒤를 따라 나왔다.

"왜 그래?"

어색해서 얼굴이 근질근질했다.

"뭘 왜 그래. 너 학교 갈 때도 항상 배웅해 줬잖아. 벌써 잊어버렸어?"

엄마가 살짝 눈을 흘겼다. 엄마 말이 맞는다. 엄마 아빠는 내가 등교할 때마다 배웅해 주곤 했다. 내가 집으로 돌아올 때도 마찬가지였다. 나는 엄마에게 걱정하지 말라는 인사를 하고 집을 나섰다.

잠시 걷다 뒤를 돌아보니 세탁소 창문에 신혜세탁이라고 반듯하게 테이핑 된 글자가 보였다. 저렇게 반듯하게 적혀 있는 내 이름을 보는 내 마음은 늘 삐딱했었다. 오래 보아 온 지금도 별로 달라지진 않았다. 동네 사람들은 내 이름을 세탁이라고 부를 때도 있었다.

"우리 세탁소 이름이 처음엔 뽀얀세탁이었잖아. 그런데 왜 네 이름으로 바꿨는지 알아? 사람들이 우리 딸 이름 많이 불러 주라고. 자꾸자꾸 불러서 우리 딸 유명해지라고. 꼭 주인공 하라고."

어렸을 때 들은 엄마의 말은 기분이 좋았다. 그러나 지금은 그 말을 떠올리면 내 마음이 더 힘들어졌다. 엄마가 나에게 부담을 주려고 하는 말이 아니라는 건 잘 안다. 하지만 내 선택이 과연 옳았는지 뒤를 돌아보게 된다. 어떻게 하면 주인공으로 살 수 있는 걸까? 엄마 의도와 달리 나는 여전히 답을 알 수 없었다.

아침 시간, 버스 정류장은 혼잡했다. 예솔고 방향과 반대쪽인 줄 잘 알면서도 자꾸만 몸이 움츠러 들었다.

버스를 기다리면서 휴대폰을 켰다. 연예 게시판에 임세나 기사가 줄줄이 올라와 있었다. 임세나가 자기는 A사 휴대폰을 쓰면서 S사 휴대폰 광고를 한 것이 문제였다. 임세나가 자신의 SNS에 올린 거울 셀카가 메인 기사에 올라와 있었다. 거울에 비친 A사 로고가 선명했다. 그저 '잘 자'라는 단순한 인사를 하고 싶었던 것 같은데 '연예인 상도덕에 대한 고찰'이라는 진지한 기사까지 올라와 있었다. 오늘 촬영장 분위기가 편치만은 않을 것 같다.

하지만 나하고는 상관없는 일이다. 나는 엑스트라니까. 그곳에서는 보여도 보이지 않는 자리에 있다는 게 때로는 마음 편했다. 누구의 관심이 필요하지도 않다. 애써 무엇이 되려고 하지 않아도 되는 공식적인 자리였다.

서울역으로 가는 버스가 도착했다. 이제 진짜 주인공을 만나러 갈 시간이었다.

서울역에서 출발한 셔틀버스가 예솔고 앞에 도착했다. 버스 문이 열렸다. 줄지어 내리는 사람들을 지켜보다가 마지막에 자리에서 일어났다. 그때 툭, 미스트 캔 하나가 내 발 쪽으로 굴러왔다.

"그거 제 거예요."

뒤에 한 사람이 남아 있었다. 나는 내 발 앞에서 멈춘 미스트 캔을 주워 건넸다.

"아, 미안해요."

"네? 제가 흘렸는데요. 제가 미안하죠."

가볍게 눈인사를 하고 버스에서 내렸다. 눈앞에 예솔고 교문이 버티고 있었다. 들어와 볼 테면 들어와 보라는 듯 교문이 활짝 열려 있었다. 왠지 발이 떨어지지 않아 머뭇거리는데 뒤에서 치이익 소리가 났다. 뒤를 돌아보니 조금 전 그 사람이 자기 얼굴을 향해 미스트를 뿌리고 있었다. 그런데 미스트의 분사력이 고르지 못했는지, 수분이 한꺼번에 코로 들어갔는지, 갑자기 캑캑 기침을 해 댔다. 기억났다. 마라톤 촬영 때 헛구역질을 한 그 남자애였다. 앞머리를 가지런히 정돈해 긴가민가했는데, 기침하는 모습을 보니 그 애가 맞았다.

"숨을 참아야 하는데 매번 못 참아요."

그 애가 만화 주인공처럼 하하 웃었다.

"오, 이 학교 좋은 데 있네요."

열심히 주위를 두리번거리는 그 남자애와 달리 나는 고개를 움직이는 것조차 불편했다.

새봄, 새 학기를 알리는 현수막이 교문 위쪽에 넓게 펼쳐져 있었다. 1학년 1학기를 미처 채우지 못하고 학교를 나왔다. 다시는 볼 일이 없을 줄 알았던 교문이었다. 그때와 달라진 점이 없다는 사실이 더 낯설었다. 학교는 본래 그런 곳이니까. 변화를 원하면서 변하지 않는 곳이니까. 누구나 같은 변화를 맞이하기를 바라니까. 그걸 잘 알면서도 달라졌을 뭔가를 기대했다는 게 쓸데없이 느껴졌다. 학교 앞에만 가면 무거워지고 긴장되는 이 감정도 변함이 없어 낯설었다. 학교는 늘 나에게 익숙해서 낯선 곳. 내가 학생이든 아니든 상관없이. 아직도, 여전히.

"컷 컷, 안녕하세요. 서인하 필름, 서인하입니다."

더는 아무짝에도 쓸모없을 청승을 깨친 건 등 뒤에서 들린 이름 석 자였다. 서인하. 그 남자애의 이름이었다.

"오늘은 예고한 대로 〈러닝메이트〉 두 번째 촬영 날입니다. 오늘 촬영 장소는 서울 YY동에 위치한 예술고등학교인데, 이 학교가 촬영 장소가 된 이유가 있습니다. 바로 며칠 후에 열리는 교내 달리기 대회 때문입니다. 정식 명칭은 '우리함께런'이라고 하네요. 아무튼 이 학교는 전통적으로 달리기 대회가 자랑이라고 하는데, 〈러닝메이트〉 촬영 팀에서 바로 이 달리기 장면이 필요했다고 합니다. 아무래도 촬영에 대규모 엑스트라를 섭외할 수 없었기 때문인 것 같습니다. 게다가 며칠 전에 교실 신축 공사가 마무리되어 교내 촬영이 용이하다는 장점이 있었다고 합니다. 예솔고에서 촬영지로 선정해 달라는 적극적인 움직임도 있었고요. 이 모든 소식을 제가 어떻게 알았는지 궁금하시죠? 엑스트라 삼 년이면 정보통이 된답니다. 자, 그럼 이제 저는 촬영하러 들어가 보겠습니다."

서인하는 예솔고를 나보다 더 잘 아는 것 같았다. 개인 브이로그 촬영에 열심인 모습을 보니 한두 번 찍어 본 솜씨가 아닌 듯했다.

"뭐야? 같이 영화 찍는 신인 배우야?"

아침부터 촬영지까지 찾아온 임세나의 팬들이 서인하를 보고 수군거렸다. 서인하는 그 말을 듣고 그들을 향해 손을 흔들기까지 했다. 사람들은 여유 만만한 서인하를 보며 잠시 관심을 두는가 싶더니 이내 교문 앞으로 미끄러져 들어오는 검은색 밴에 주목했다. 그러고는 곧 엄청난 환호성이 일었다.

"임세나 아니야?"

"차 또 바꿨대? 원래 흰색 밴이었잖아."

임세나 팬들은 모두 차량 쪽으로 달려갔다. 그들에게 손을 흔들던 서인하는 자신의 셀카봉과 함께 덩그러니 혼자 남겨졌다.

사람들은 원래 다 그렇다. 뭐든 더 주목할 수 있는 것을 찾고, 반짝이는 사람과 함께하기를 원한다. 그런데 나는 혼자 남은 서인하가 신경 쓰였다.

"제 얼굴에 엑스트라라고 딱 써 있나 보군요."

하하하, 서인하는 또 웃었다. 아무렇지 않은 듯 씩씩해 보였다. 어떻게 저럴 수 있지, 잠깐 그런 생각이 스쳐 지나갔다.

서인하는 자기 발걸음이 보이게 셀카봉을 들고는 씩씩하게 교문을 통과했다. 나도 그 뒤를 따라 교문 안으로 들어갔다.

촬영지가 예솔고라는 통보를 받은 날부터 줄곧 태연하려 했지만 어쩐지 누가 나를 알아볼까 신경이 쓰였다. 오전 9시 15분, 1교시가 시작됐을 시간이었다. 밖에 나온 아이들은 없었지만 운동장을 향해 한 방향으로 나 있는 교실 창문 너머로 아이들 얼굴이 드문드문 보였다. 이렇게 다시 학교에 올 줄은 몰랐다. 나에게 아무런 관심조차 없었던 그 아이들도 지금 교실에서 운동장을 보고 있을지 모른다. 내가 다시 학교에 온 일도 그 애들에게는 아무 일이 아닐 거다. 나 혼자 또 이렇게 바보 같은 생각을 하고 있었다.

"꺄악, 임세나다!"

갑자기 운동장을 향해 환호성이 쏟아졌다. 임세나가 몇몇 사람에게 둘러싸여 운동장 쪽으로 걸어 들어오고 있었다. 임세나는 지난밤 휴대폰 소동 때문인지 검은색 모자를 깊게 눌러쓰고 있었다. 게다가 나와 비슷한 색깔의 트레이닝복 차림이었다. 교실 창문이 산발적으로 여기저기에서 열렸고, 아이들이 임세나를 부르며 손을 흔들고 소리를 질렀다.

"임세나 완전 예뻐! 사랑해!"

그 목소리는 절규에 가까웠다. 하지만 임세나는 고개를 더 숙이고 경호원이 안내하는 방향으로 이끌려 갔다. 임세나는 얼굴을 가려도, 아무도 관심 두지 않을 짙은색 트레이닝복 차림에 모자를 눌러써도, 누구에게나 잘 보이는 사람이었다. 우리는 그런 사람을 주인공이라 부른다. 온갖 총알이 그 사람만을 피해 가고, 어둠 속에서도 단단한 스펙트럼을 갖춘 사람. 임세나는 주인공이었다.

"자, 그럼 이제 저는 촬영을 준비하러 가 볼게요."

내 근처에 있던 서인하가 셀카봉을 들고 바쁘게 걸음을 옮겼다. 시간이 촉박했다. 그러고 보니 나도 임세나든 서인하든 신경 쓸 때가 아니었다. 학교 다닐 때도 지각은 한 번도 한 적이 없었다.

활짝 열린 창문 너머로 아이들의 표정이 또렷하게 보이자 나도 저절로 고개가 숙여졌다. 저 아이들 중에 누가 나를 알아보진 않을까 그런 걱정이 잠시 들었다. 그랬다가 피식 웃음이 나왔다. 어머, 쟤 장신혜 아니야? 어쩌면 나는 누군가의 그런 반응을 기대했던 걸까? 그럴 리가 없다.

나는 트레이닝복의 지퍼를 목 끝까지 올렸다. 모자를 더 꾹 눌러쓰고 어깨를 한껏 수그렸다. 학교는 역시 변한 것이 하나도 없었다. 그렇다면 나는 변했나? 아무것도 대답할 수 없었다.

엑스트라를 포함한 모든 출연진이 모이는 곳은 신관 쪽이었다. 작년에 신관 공사가 한창일 때 학교를 그만두었다. 신관 외벽은 비둘기색 바탕에 오른쪽으로 무지갯빛 포인트가 들어가 있었다. 예솔고 상징인 평화의 비둘기가 건물 모서리 끝에서 날개를 활짝 펼치고 있었다.

나는 신관 1층에 '엑스트라 여성' 푯말이 붙은 교실로 들어갔다. 교실 안에는 간이 탈의실이 마련되어 있었다.

"사이즈 확인하고 쇼핑백 가져가세요. 갈아입은 다음 교문 앞에서 대기해 주시고요."

나는 내 사이즈에 맞는 것을 챙겨 탈의실로 들어갔다. 탈의실에서 쇼핑백을 열어 보니 내 방에 있는 것과 똑같은 교복과 체육복이 있었다.

"자, 여성 탈의실이 한 칸뿐이니 서둘러 주세요."

밖에서 안내 요원이 손뼉을 치며 재촉했다.

'이럴 땐 그냥 하는 거야. 제발 생각 좀 하지 말자.'

나는 얼른 교복을 입었다. 분명 사이즈를 확인하고 가져왔는데도 나에게 많이 컸다. 학교를 그만둔 뒤로 오히려 살이 좀 빠졌다. 낙낙한 허리춤을 한 번 접었더니 얼추 맞았다. 엄마가 어제 내 방에 걸어 둔 교복 생각이 났다. 알맞게, 적당하게, 깔끔했던 내 교복. 오랜만에 봐서 내가 정말 입었었나 싶을 정도로 어색했던 그 교복.

그렇지만 나는 자꾸만 둥둥 떠오르는 익숙하고도 낯선 감정을 없애 버려야 했다. 지금 내가 생각해야 할 건 오늘 촬영을 잘 마무리하고 무사히 집으로 가는 것이었다. 나는 의식적으로 어깨를 펴고 탈의실을 나왔다. 같은 교복으로 갈아입은 사람들이 1층 복도에 서 있었다. 이러다 섞여 버리면 누가 진짜 예솔고 학생인지 아닌지 구별할 수 없을 것 같았다. 그 점이 안심되기도 하고 불안하기도 했다. 몰래 잠입한 스파이처럼 자꾸 주변을 돌아보게 됐다.

"웃기지 않냐? 엑스트라 누가 본다고 저 정성이냐고."

"그러니까. 가족도 못 알아볼 텐데."

근처에 서 있던 남자 둘이 킥킥대며 어떤 사람에게서 눈을 떼지 못하고 있었다. 신관 1층 창가에 화장품 파우치를 올려놓고 열심히 거울을 들여다보는 사람이 있었다. 서인하, 그 애였다. 셀카봉을 이젤처럼 만들어 창가에 휴대폰을 둔 채 열심히 개인 촬영을 하고 있었다. 주변에 서 있던 사람들은 그 프레임에 신발 끝이라도 보이고 싶지 않은 듯 슬금슬금 자리를 피했다. 그래도 서인하는 꿋꿋했다.

"유튜브 찍는다며. 서인하 필름 맞지?"

"응. 그때 명함까지 받았잖아."

"엑스트라가 명함 갖고 다니는 것도 웃기지. 뜨고 싶어 별짓 다 한다 생각했다니까."

그래도 열심히 하는 건 기특하잖아, 라고 말하는 사람의 입가에 스며든 비웃음을 나는 보고 말았다. 영화사 오디션을 닥치는 대로 본다는 말도 들렸다. 뭐든 열심히 한다는 게 누구한테는 조롱거리가 될 수 있다. 어디서나 그렇게 말을 함부로 하는 사람들은 늘 있었다. 나는 서인하가 그 말을 들었을까 봐 신경이 쓰였다. 나였다면 들었을 테니까. 대개 이런 식의 말은 들으려 하지 않아도 당사자에게 너무나 잘 들리는 법이었다. 하지만 내 걱정과 달리 서인하는 아무렇지 않아 보였다.

나는 같은 교복을 입은 엑스트라 출연자들 틈에 섞여 운동장으로 향했다. 신관을 지나 예술재단을 설립한 할머니가 심었다는 나무와 교문을 지나……. 교문 앞에 서 있던 예솔고 천사 기호연. 이상했다. 내 일상의 주인공이었던 진아, 나은이, 아랑이가 떠올라야 했다. 어쩌면 호연이도 창문을 통해 이쪽을 보고 있을지 모른다. 여전히 천사인 채로 지내고 있는지 조금 궁금한 마음이 들어, 그런 내가 의아했다.

주인공의 자리

임세나가 예솔고 교복을 입고 운동장에 나타났다. 3층 중간 쯤에서 창문이 열리더니 "임세나 사랑해!"라는 누군가의 외침이 들리고 이내 창문이 닫혔다. 투명한 교실 창문 너머에 아이들이 붙어 서 있었다. 임세나는 그런 외침이 익숙한 듯, 학교 건물 이쪽 저쪽을 향해 몇 차례고 손을 흔들어 주었다. 어느 반 창문에는 '임세나 사랑해. 환영해'라는 문구가 붙어 있었다. 임세나는 광고나 드라마 속에서만 주인공이 아니었다.

"자, 오늘 촬영 합이 진짜 중요한 거 알지? 실제 여기 학생들도 동원되니까 집중해서 깔끔하게 가자고."

최조가 손뼉을 치며 분위기를 잡았다. 오늘은 갑작스레 교내 육상부에 들어온 임세나가 기존 육상부 선수들과 마찰을 빚는 장면 그리고 이어지는 임세나의 상상 신에서는 예술고 학생들이 창문을 열고 모두 임세나를 향해 손가락질하는 장면을 촬영할 예정이었다.

운동장 구석에 촬영 장비가 세팅되었다. 임세나도 완벽한 모습으로 정해진 자리에 섰다. 〈러닝메이트〉에서 임세나와 라이벌 관계인 강민채도 다섯 발짝 정도 떨어진 곳에 자리를 잡았다. 강민채 주위에 조연 배우 열 명쯤이 있고, 그 뒤에 나를 포함한 엑스트라들이 배경처럼 섰다. 서인하는 내 앞에 있었다.

조명판이 임세나 얼굴을 뽀얗게 비췄고, 마이크가 공중으로 떠올랐다. 카메라가 돌기 시작하자, 이 감독이 소리쳤다.

"자 자, 새롬이는 신고 있던 운동화를 벗어 던진다. 예진이는 맞고 비틀거린다. 집중하고, 감정 챙기고!"

카메라가 돌면 임세나는 예진이가 되고 강민채는 새롬이가 된다. 내가 아닌 다른 사람이 된다는 건 어떤 기분일지 궁금했다.

"신 넘버 21. 테이크 원. 3, 2, 1. 슛!

이 감독의 외침과 함께 강민채가 임세나에게 운동화를 던졌다. 운동화 두 짝이 임세나의 가슴 한가운데로 날아가야 한다. 그러나 아쉽게도 운동화 한 짝이 허공으로 날아가 NG가 났다.

바로 이어진 테이크 투, 이번에는 운동화 한 짝이 임세나의 손가락에 맞고 떨어졌다. 임세나는 NG 소리가 나자마자 아프다는 듯 손가락을 쓰다듬었다. 운동화는 임세나를 향해 수없이 날아갔지만 어느 것도 이 감독의 마음에 들지 않는 듯했다.

"강민채, 후딱 연습 좀 더 해 보고 들어갈래?"

강민채가 안타까운 표정을 지으면서 다시 해 보겠다고 했다. 다시, 테이크 식스, 세븐. 드디어 운동화가 정확히 임세나의 가슴 정중앙을 맞히고 떨어졌다. 그리고 이어지는 대사.

"왜 나랑 똑같은 운동화 샀냐. 재수 없게."

강민채가 대사를 치며 임세나를 밀었고, 임세나는 운동장 바닥으로 넘어졌다. 강민채는 대본의 지문대로 뒤에 서 있던 조연 배우들에게 턱짓을 했다. 조연들도 신고 있던 운동화를 벗어 임세나에게 던졌다. 모두 같은 운동화였다. 임세나는 날아드는 운동화를 바닥에 넘어진 채로 맞았다. 흙먼지가 부옇게 피어올랐다. 그런데 누군가 뒤늦게 던진 운동화가 임세나 머리를 맞히고 말았다. 대본에 머리를 맞히라는 말도 있었을까? 임세나가 머리를 감싸고 헉, 신음 소리를 냈다.

"컷!"

카메라가 물러나고 임세나 주위로 코디가 달려왔지만, 임세나는 괜찮다며 손사래를 쳤다.

"운동화가 입으로 날아가도 버텨야지. 그걸 받아먹겠다는 각

오 정도는 여기서 보여 줘야 해."

이 감독의 말에 불쾌해진 건 나였다. 실제와 연기는 어떻게 다른 걸까?

"저는 여기서 예진이가 더 약한 모습으로 가야 좋을 것 같아요. 그래야 다음 신도 더 자연스럽게 이어질 것 같은데요."

임세나가 손으로 머리를 문지르며 말했다.

"아니지. 약하니까 그걸 감추려고 악으로 깡으로 버티는 거야. 그래야 다음 장면에서 더 임팩트가 있지."

임세나는 입을 다물었다.

다시 시작된 촬영. 임세나는 운동장에 쓰러진 채 자신을 향해 날아오는 운동화를 고스란히 받아 내야 했다. 교복에 흙이 묻고, 머리가 헝클어지고, 자세가 점점 무너졌다. 카메라는 그 모습을 열심히 받아 담고 있었다.

그때, 최조가 오른손을 크게 올렸다 내리며 엑스트라들에게 사인을 보냈다. 우리는 기다렸다는 듯 임세나, 아니 예진이를 향해 우우, 야유를 퍼부었다. 하지만 나는 어쩐지 내키지가 않아 다 같이 내는 소리에 숨어 입 모양으로만 야유하는 척했다. 내 옆에 있는 서인하는 엄지손가락을 아래로 내리는 포즈까지 취하며 열심이었다.

"컷! 컷! 엔지! 엔지!"

임세나가 울고 있었다. 이 감독이 카메라를 내려놓으며 한숨을 푹 내쉬었다. 촬영 스태프들도 손을 놓고는 임세나만 바라보고 있었다.

"울면 안 된다니까. 설마 아파서 우는 거야? 맨날 사랑만 받고 사니까 겨우 이 정도에도 너무 억울하지? 막 눈물 나고 막 화나고."

나는 이 상황을 즐기는 듯한 이 감독의 표정에 기분이 상했다. 임세나는 얼굴이 점점 굳더니 몸도 굳어 버린 듯 미동도 하지 않았다. 이 촬영장의 모든 사람이 임세나만 보고 있었다.

"주인공 하려면 버텨야지. 상황이 어떻든 간에."

서인하가 사뭇 진지한 표정으로 혼자 중얼거렸다. 임세나는 고개를 들지 못했다.

"주인공 하고 싶어 하는 사람이 얼마나 많은데……."

서인하는 말끝을 흐렸다.

"안 그래요?"

동의를 구하는 말에 나는 머뭇거렸다.

"근데 왜 저렇게까지 몰아붙이는지 모르겠네."

옆에 있던 엑스트라의 혼잣말에 또 다른 엑스트라가 대답했다.

"이 감독이 임세나 키운다잖아. 벌써 다음 작품도 하기로 했다는 것 같던데요."

"하, 이 바닥은 역시 소문이 너무 빨라."

서인하는 손거울로 얼굴과 옷매무새를 살펴보며 말했다.

"곧 이 감독이 원하는 예진이가 되겠죠. 주인공이잖아요."

그런데 나는 엑스트라가 되어 학교로 돌아왔다.

서인하가 기다리기 지루했는지 숨을 길게 내쉬었다. 모두 임세나를 지켜보고 있었다.

"자, 다시 갑시다."

운동화가 또다시 임세나에게로 날아갔다. 임세나는 이 감독의 요구대로 냉정한 표정을 지으려 애썼다. 아까와는 달랐다. 이 감독이 손가락으로 오케이 사인을 만들자, 최조가 학교 건물을 향해 빨간 깃발을 흔들었다. 기다렸다는 듯 각 층, 각 반의 창문이 활짝 열리고 학생들 얼굴이 빼곡 나타났다. 약속한 대로 학생들은 운동장에 쓰러진 임세나를 향해 우우우, 야유를 보냈다.

이 장면을 위해 리허설을 세 번쯤 했는데도 여러 번 찍어야 했다. 이 감독은 실제 연기 팀과 예솔고 학생들의 합이 딱 맞아떨어지길 원했다. 학생들 모습은 멀리 잡혀 잘 보이지 않을 텐데도 공을 들였다. 예진이가 학교 안에서 얼마나 힘든지를 보여 주는 중요한 장면이라고 생각하는 듯했다.

"우우, 우우우!"

서인하는 손나팔을 만들어 열심히 야유를 퍼붓고 있었다. 나도 여러 사람이 내는 비난의 목소리에 내 목소리를 한 번 얹어 보고 싶었다. 나쁠 것도 없는 일이었다. 어차피 지금 이건 연기니까.

"우……. 우……."

조심스럽게 내뱉은 첫 번째 울림, 나쁘지 않았다.

"우우……. 우우……."

누구를 향한 야유일까? 조금 더 크게, 감정을 더 실었다.

서민채가 넘어진 임세나 앞에 쪼그리고 앉아 임세나의 턱을 치켜올렸다. 그리고 이어지는 대사.

"나랑 똑같은 운동화를 신는다고 네가 내가 될 수 있다고 생각해?"

임세나를 향한 대사인데, 그만 나를 툭 건드리고 말았다. 똑같은 머리띠를 한다고 내가 그 애들이 될 수 있다는 쓸데없는 생각을 했었다. 일 년 가까이 지난 일인데 그때를 생각하면 아직도 내가 아무렇게나 구겨진 종잇조각 같았다.

나도 서인하처럼 손나팔을 만들었다. 발도 굴렀다.

"우우우우! 우우우!"

내가 내뱉는 야유가 많은 사람들의 소리와 섞여 한 사람을 향했다. 예진이가 된 임세나는 고개를 반쯤 들어 주위를 둘러보고 있었다. 눈망울은 또렷하게, 표정은 결연하게, 그럼에도 숨길 수 없는 두려움과 모욕감. 임세나는 그런 연기를 하고 있었다.

'연기일 뿐이야. 나쁠 것 없잖아.'

묘하게 통쾌했다. '학교'라는 공간 안에서 '누구'와 함께인 적은 없었다. 나는 늘 혼자였고, 늘 누구와 함께 있고 싶었다. 이런 식의 경험을 하게 될 줄은 몰랐다. 그러니까 이건 나에게 연기가 아니라 실제였던 것이다.

"오케이! 컷!"

메가폰을 타고 이 감독의 느끼한 목소리가 퍼졌다. 창문 너머 고개를 내밀고 있던 학생들도 꺅꺅 환호성을 질렀다. 임세나를 부르는 괴성과 외침이 운동장을 가득 메웠다. 임세나는 넘어져 있던 그 자리에 앉아 눈가를 훔쳤다.

"연기가 잘되니까 울컥하지? 그래도 진짜 연기자 되려면 아직 멀었어."

칭찬이랍시고 던진 이 감독의 말에 임세나가 왈칵 눈물을 쏟아 냈다. 개인 코디가 달려와 얇은 담요로 임세나를 감쌌다. 어린아이처럼 그 속에 폭 안긴 임세나는 어깨를 들썩였다.

"당분간 SNS 좀 끊고, 기자들한테 떡밥 던져 주지 말고. 응? 이제부터 진짜 잘해야 해."

이 감독이 모두 들으라는 듯 임세나를 향해 한마디를 더 보냈다. 개인 코디가 미간을 찌푸린 채 중얼중얼하며 임세나를 데리고 자리를 벗어났다.

"대답 또 잘라 먹네."

이 감독은 두 사람의 등 뒤에서 사람 좋은 척 웃었지만 모든 건 철저히 임세나를 자극하려는 말이었다. 잘하기를 바라면서 등을 힘껏 떠밀고는 넘어진 사람에게 내 잘못이 아니라고 발뺌하는 사람처럼. 내 쪽으로 넘어지는 걸 알면서도 기꺼이 막아 준 나를 못 본 척하는 것처럼. 누구라도 함께할 수 있을 것처럼 모여서는 한 사람을 못 본 척하는 것처럼.

촬영을 마치고 신관으로 이동할 때였다.

"진짜 굉장하지 않았어요?"

얼마나 열심히 소리를 질렀던 걸까? 얼마나 역할에 충실했던 걸까? 서인하의 양 볼에 홍조가 번져 있었다.

"솔직히 여기저기 촬영장 많이 다녀 봤는데, 이렇게 일반인이 많이 동원된 촬영은 처음이에요. 게다가 이 정도면 합도 잘 맞지 않았어요?"

서인하가 본관 건물을 훑어보며 엄지손가락을 치켜들었다.

"예솔고 정말 최고네요, 최고."

서인하는 내게 답을 구하는 듯 눈을 동그랗게 떴다.

"몇 살이에요? 학생 같은데, 예고 다녀요?"

질문을 세 가지나 받았는데 속 시원히 대답할 수 있는 게 하나도 없었다. 못 들은 척 휴대폰을 켰다. 엄마에게서 응원 문자가 와 있었고, 잡다한 푸시 알림이 대부분이었다.

"난 서인하라고 하는데 이름이 뭐예요?"

대답할 수 있는 첫 번째 질문이었다. 조금 망설이다 대답했다.

"장신혜요."

"오, 배우 이름이랑 똑같네요."

"성이 다르잖아요."

"그래도 이름 들으면 그 배우가 생각나잖아요. 그런 말 많이 들었죠?"

"아뇨. 한 번도 없어요."

"에이, 그럴 리가요. 괜히 그 배우 이야기 나올까 봐 안 해 주는 거죠?"

"무슨 이야기요?"

"그 배우가 자연 미인으로 유명하잖아요. 그러니까……."

서인하가 아차 하는 표정을 짓더니 곧 순진한 미소를 지었다.

"이름이 같은 사람끼리는 비슷한 일을 하거나 비슷한 이미지를 풍기게 된다는 말을 들은 적이 있거든요. 그 뜻이었어요."

"아뇨. 그럴 리가요."

내가 말끝을 흐리자, 서인하가 교복 재킷 주머니에서 명함 한

장을 꺼내 나에게 건넸다.

"나이는 열여덟, 세중고 다녀요."

평범한 자기소개였다. 한 치의 주저함도 없이 명랑했다. 몇 번 잠깐 이야기를 나눴을 뿐인데, 어색하지 않은 느낌이 싫지 않았다. 그런 친구를 가져 본 적도 없으면서.

"서인하라는 이름도 배우 이름 같아요. 찾아보면 같은 이름의 배우가 있을 듯해요."

내 말에 서인하가 재미있다는 듯 웃었다.

"아, 그거 가명이에요. 진짜 내 이름 아니에요."

서인하가 남자 탈의실 쪽으로 뛰어가며 말했다.

"진짜 이름은 촌스러워서 말 못 해요."

서인하가 준 명함에 적힌 이름은 '서인하'였다. 이름 아래에 '미래 직업 대배우'라고 적혀 있었다. 휴대폰 번호, 인스타그램을 포함한 각종 SNS 계정, 유튜브 주소까지 꼼꼼하게 적혀 있었다. 그러니까 서인하는 명함에 적히지 않은 것들을 나에게 말해 준 것이다.

'나도 나이 정도는 말해 줄 수 있었는데.'

자기에 관한 걸 아무 거리낌 없이 말하는 서인하를 보니 내가 너무 자격지심에 싸여 있는 건 아닌가 하는 생각마저 들었다. 난 학교는 다니지 않는다고. 그리고 나는 여기 예솔고에 다녔다고. 생각보다 단순한 이야기일 수 있다. 그 사이사이에 묵은 때처럼 눌어붙은 마음을 떼어 놓는다면.

잠들기 전, 휴대폰으로 서인하의 유튜브에 접속했다. 프로필 사진은 #서인하, 라고 쓰인 슬레이트였다. 구독자 수 182명, 그동안 올라온 동영상은 53개. 얼핏 봐도 모두 촬영장이거나, 촬영 이동 중에 찍은 동영상이었다. 그중 최근에 올라온 영상은 "촬영가방, 소소템"이었다.

"지금은 엑스트라, 가까운 미래에는 영화배우가 되고야 말 서인하입니다. 지금은 스포츠 음료 광고 현장에 나와 있는데요. 대기 시간이 길어질 것 같아 저만의 카메라를 켰습니다. 이렇게 촬영장에서 대기하는 시간이 많지만 주연, 조연 배우들보다 케어는 덜 받기 때문에 저 스스로 관리할 수밖에 없어요. 그래서 제가 꿀템으로 사용하는 소소템 몇 가지를 소개해 보려고요. 중요한 아이템은 대부분 이 파우치에 들고 다닙니다. 그럼 하나씩 소개해 볼게요. 음, 저는 피부 관리에 신경을 많이 쓰는 편이에요. 피부가 좋아야 카메라도 잘 받거든요. 그래서 이 수분 미스트를 자주 이용합니다. 잭샵 제품을 주로 사용하고요. 분사력이 좋고 농도가 진해서 뿌릴 때 숨을 잘 참아 줘야 합니다……."

셔틀버스 안에서 주워 준 미스트였다. 그 뒤로 립밤과 수면 안대, 휴대용 마사지기, 휴대용 고데기, 휴대용 충전기, 공기 방석, 사탕과 미니 초콜릿, 휴대용 반짇고리, 비타민C, 두통약, 소화제 그리고 천식 때문인지 기관지 확장제가 소개됐다. 꼼꼼하고 세심한 영상이었지만 엑스트라가 만든 동영상에 관심을 기울이는 사람은 별로 없어 보였다.

—서정배, 미래 배우, 서정배우 님.
—정배야 뭐 하냐 ㅋㅋㅋ
—엑스트라도 발 연기 가능?

댓글에 올라온 서정배가 서인하의 본명인 듯했다.

촬영장에서 보내는 시간을 위해 꼼꼼히 챙기는 준비물과 준비성에는 아무도 관심을 두지 않았다. 연기 연습을 위해 거리에서 노래를 부르거나, 새벽에 공원으로 나가 발성 연습을 하거나, 연기 학원을 알아보러 다니는 영상에도 반응은 비슷했다.

—애는 미래에 꼭 배우가 됨. 지금부터 딱 100년 뒤.
—성형외과 견적 받는 영상 올리면 조회 수 폭발함.

이름 부르는 걸 보면 아는 사이일 텐데. 조롱인지 장난인지 몇 명이 돌아가며 올리는 댓글들이 불편했다.

-언젠가 꼭 꿈을 이뤘으면 좋겠네요. 포기하지 마세요.

형식적인 응원 댓글도 가식적으로 느껴지기는 마찬가지였다. 서인하는 촬영장에 가져가는 가방에 들어 있는 물건들을 보아 주길 바랐을 거다. 가족조차 알아보지 못할 정도로 스치듯 지나가는 장면에서라도 최고의 모습을 남기고 싶은 마음과 긴 대기 시간도 꿋꿋이 버텨 나가는 자신을 보여 주고 싶었을 거다. 서인하의 가방 안에는 꿈이 들어 있었다. 몸이 아파도 촬영을 이어 가겠다는 의지가 있었다. 그런데 그걸 제대로 봐 주는 사람이 없었다. 나는 잠시 망설이다 댓글 하나를 달았다.

-공기 방석 진짜 꿀템!! 좌표 좀 찍어 줄래요?

스탠드를 끄고 누웠다. 어젯밤 다시 학교에 가야 한다는 생각에 긴장해서 잠을 설친 탓인지 눕자마자 피로가 몰려왔다. 학교에 가면 누가 날 알아보지 않을까 긴장도 했다. 물론 얼마 지나지 않아 대단한 착각이라는 것을 깨달았다. 그 공간 안에 속해 있을 때도 나는 보이지 않는 존재였다는 사실을 왜 잊었던 걸까? 며칠 후로 잡혀 있는 촬영 때는 좀 덜 긴장하고 갈 수 있을 것 같았다. 유치원 때부터 끌어안고 자는 토끼 인형을 품에 안고 눈을 감았다.

드르륵, 휴대폰 진동음이었다. 눈을 떠 보니 침대 옆 테이블에 놓아둔 휴대폰 화면이 환한 빛을 뿜고 있었다.

-지금 TT마켓에서 사면 휴대용 미니 펌프도 함께 준대요. 참, 주요 통신사 할인도 되니 잊지 마세요!

실시간으로 올라온 서인하의 댓글이었다. 나는 곧장 서인하가 알려 준 링크로 들어가 공기 방석을 주문했다. '주문 완료'라고 다시 댓글을 달자마자 서인하가 내 댓글에 스마일 이모티콘을 달았다.

자정이 조금 넘은 시각이었다. 내 또래와 이런 사소한 것을 공유하는 게 얼마 만인지. 아니 어쩌면 처음 있는 일이었는지.

터져 버린 찰나

예솔고 촬영은 두 번이 남았다. 오늘 신관 복도와 급식실에서 진행되는 두 신과, 다음 주 수요일 달리기 대회 촬영이다. 다음 주 달리기 대회 신은 이 영화의 하이라이트이기 때문에 촬영 팀과 스태프들이 모두 벌써부터 바짝 신경 쓰는 눈치였다. 다행히 오늘은 간단한 축에 드는 촬영이라 숨 좀 돌릴 수 있겠다는 분위기였다. 스태프들뿐 아니라 연기자들도 여유로운 분위기였다.

복도 신은 임세나가 복도에서 선생님에게 오해받는 장면과 반 아이들이 교실 창문으로 둘을 지켜보는 장면이었다. 나는 학생 7번을 맡았는데, 교실 앞쪽 창문에서 임세나와 선생님을 지켜보는 역할이었다. 서인하는 13번을 맡았다.

임세나가 반 친구를 왕따 시켰다는 오해를 받는 설정이다. 정작 왕따를 시킨 사람은 강민채인데, 그걸 임세나가 뒤집어쓰는 거다. 조금 빤한 설정일 수도 있지만, 이런 일을 겪어 본 사람들에게는 절대로 빤할 수 없는 이야기다. 어떻게 쓰여도 본질은 사라지지 않는다.

"억울한 동시에 결심을 굳히는 계기야. 알지?"

임세나가 네, 라고 말하며 호흡을 가다듬었다.

영화는 한창 촬영 중인데 A양에 관한 가십성 기사가 여러 매체를 통해 퍼져 나가고 있었다. A양은 누가 봐도 임세나였다. 영화가 상영되려면 아직 멀었는데 임세나와 발 연기가 연관 검색어로 떴다. 이걸 기획사에서 돈 주고 틀어막았다는 말까지 돌았다.

오늘도 임세나의 컨디션은 난조였다. 하긴 이 정도로 사방에서 공격을 해 오면 긍정 백 퍼센트 인간도 중심을 붙잡기 어려울 거다. 하지만 임세나는 무슨 일이 있어도 약속된 시각에 이 장소로 와야만 했다. 그것만으로도 나는 임세나가 충분히 주인공 자격이 있다는 생각이 들었다. 자신을 손가락질하는 사람들 앞에서 더 완벽한 모습을 보여야 한다. 나처럼 도망칠 수도 없다. 임세나도 마음만 먹으면 도망칠 수야 있겠지만, 그러기엔 잃는 것이 더 많다.

"자, 신 넘버 82, 테이크 원, 레디 숏!"

선생님 역할을 맡은 배우는 안경을 미간 위로 치켜올리며 임세나를 향해 진지하게 물었다.

"애들이 다 널 지목하던데?"

악센트를 꼭꼭 넣어 가며 임세나를 몰아붙였다.

"한 명도 빠짐없이 다."

임세나는 놀람, 당혹, 분노, 억울함이 섞인 표정을 지었다. 카메라가 오래도록 임세나의 얼굴에 집중했다. 여러 가지 표정이 나오기를 기다리는 것 같았다. 이 감독은 컷을 하지 않았다. 지켜보는 나까지 침이 꼴깍 넘어갔다.

저런 상황에 놓이면 놀랍거나 당혹스럽거나 화가 나지 않는다. 생각하거나 판단하기 어려워진다. 아무런 표정도 지을 수 없다. 손가락조차 까딱할 수 없다. 차라리 웃어 버리는 편이 더 현실적일지 모른다.

하지만 임세나는 언제나 주인공이고, 자신을 좋아해 주고 사랑해 주는 사람들이 언제나 주변에 있다. 겪어 보지 않은 일일 거다.

"자 자, 좋다. 조금만 더. 더."

대본을 말아 쥐고 높게 쳐든 이 감독의 팔이 점점 아래로 내려왔다. 거의 다 됐다는 신호다.

"컷!"

임세나가 복도 창틀에 몸을 기댔는데 얼굴에 표정이 없었다. 아랑이가 나 때문에 넘어졌다는 말을 했을 때, 나도 내 얼굴에서 표정이 사라지는 걸 느꼈다. 선생님이 "신혜랑 한판 붙었어?"라며 물었을 때도 나는 아니라고 말하지 못했다. 교실 안에 있는 모든 눈이 나를 구경하고 있었다. 어떤 표정을 지어야 할지, 어떤 말을 해야 할지, 나는 아무것도 생각할 수 없었다.

임세나가 이 감독과 모니터링을 시작했다. 여러 표정 중에 어떤 것이 더 좋을지 이야기 나누는 것 같았다. 교실 안에 있던 엑스트라들은 책상과 의자에 걸터앉아 잠시 쉬었다. 새로 지은 건물이라 그런지 책상도 의자도 교실이라는 이 공간도 모두 새로웠다. 하지만 나는 똑같은 교복을 입고 있다는 점만으로도 바짝 긴장했다.

"여기 촬영장 재밌지 않아요? 우리 또래 이야기라 그런지 몰입이 진짜 잘돼요."

서인하가 내 옆의 빈 의자에 앉으며 말했다.

"학교에 뭐라고 하고 왔어요? 수업 자꾸 빠지는 거 학교에서 잘 이해해 줘요?"

질문에 대한 답을 나도 찾고 싶었다.

"혹시 예고 다녀요? 예고는 잘 빼 준다면서요."

아무렇지 않게 묻는 말에 아무렇지 않게 대답하고 싶었다.

심각해지고 싶지 않았다.

"아, 나는……."

망설이는 사이 최조가 레디 사인을 보냈다. 서인하가 쏜살같이 13번 자리로 돌아갔다. 내 자리에 와서 나에 관한 것을 물어봐 주는 친구, 같은 반 친구, 서로의 이야기를 함께 주고받을 수 있는 사이. 나에게는 그런 단순하고 평범한 사이를 향한 갈증이 내내 있었다. 우리는 계속 함께할 거라는 당연한 믿음을 얻고 싶었다. 그런데 서인하가 내 자리로 찾아와 특별할 것 없는 질문을 던지고 평범한 이야기를 나누고 돌아갔다. 같은 학교, 같은 교실 그리고 같은 교복을 입고서.

급식실 촬영이 서둘러 준비됐다. 예솔고 학생들 점심시간 전까지는 촬영을 마쳐야 했다. 나도 촬영이 얼른 끝나기를 바랐다. 학생들은 촬영 장면을 조금이나마 보고 싶어 급식실로 서둘러 올 텐데, 그 학생들과 마주치는 것만큼은 정말 피하고 싶었다. 그러나 마음은 조급해지는데 촬영이 순조롭지 못했다.

"그러면 학생들 식사 끝나고 한 번 더 갑시다. 어쩔 수 없네. 다들 식사부터 하고 다시 모입시다."

엑스트라들에게 제공되는 도시락을 받았다. 우리는 급식실에서는 밥을 먹을 수 없어 신관으로 이동해야 했다. 서인하가 도시락을 들고 주위를 두리번거리고 있었다.

'설마 나를 찾는 건 아니겠지?'

그런 생각이 들자마자, 나는 왠지 혼자 숨을 곳을 찾기 시작했다. 누가 다가오기를 간절히 바라다가도, 막상 다가오면 어떻게 해야 할지 몰라 허둥지둥하는 건 내 오랜 습관이었다. 더구나 답하지 않은 질문이 쌓여 있었다. 밥을 먹으며 할 수 있는 이야기가 아니라는 생각이 들었다. 더 고민할 필요도 없이 자연스럽게 익숙한 곳으로 발이 향했다. 시계를 보니 점심시간을 알리는 종이 울릴 때가 되었다. 발걸음이 저절로 빨라졌다. 누구와도 마주치면 곤란하니까.

고작 일 년인 걸까. 그대로였다. 본관에 오니 왠지 넘어와서는 안 되는 선을 넘어 버린 기분이었다. 망설여졌다.

'다시 신관으로 갈까.'

그 틈을 타고 점심시간을 알리는 벨이 경쾌하게 울렸다. 이제 선택의 여지는 완전히 사라졌다. 이도 저도 아닐 때는 딱 하나만 생각하기로 했다. 이 선택을 후회하지 않게 만드는 것. 학교를 그만둔 이후로 내게 생긴 미션이었다. 지금 가장 중요한 건 여기서 밥을 맛있게 먹는 거다.

본관 뒤 막다른 곳에는 못 쓰게 된 책상과 의자, 집기 따위가 아무렇게나 쌓여 있다. 그 근처에 두세 명 정도 앉을 만한 공간이 있다. 학교 다닐 땐 점심시간에 주로 이곳을 이용했다. 여기에 앉아 집에서 가져온 빵이나 주스, 초코바 같은 걸 먹곤 했다.

가방에서 공기 방석을 꺼냈다. 미니 펌프로 방석 안에 공기를 채워 넣고 앉아 보았다. 쿠션감이 훌륭했다. 서인하 말대로 꿀템이었다. 받아 온 도시락 뚜껑을 열었다. 밥, 돈가스, 김치, 메추리알장조림, 단무지무침, 사과오이샐러드, 후식으로 컵과일과 초코우유가 담겨 있었다. 그날그날 급식 반찬이 무엇인지는 아이들에게 큰 관심거리였다. 아이들은 각자의 호불호를 이야기하곤 했다.

"단무지는 호, 단무지무침은 불호."

뭔가 석연치 않은 이 기분을 날려 버리듯 명랑한 목소리로 외쳐 보았다. 급식실은 혼밥 레벨 1순위의 공간이었다. '혼자'라는 주홍 글씨를 바느질로 꾹꾹 꿰매 놓는 곳이었다. 그러나 지금은 혼자여도 괜찮다. 지금 나는 공식적인 엑스트라니까.

휴대폰으로 임세나 SNS를 보며 밥을 먹었다. 〈러닝메이트〉 촬영은 근무 조건이 역대급으로 완벽했다. 도시락도 최상급이었다. 예솔고 급식보다 훨씬 나았다. 이 시간 예솔고 학생들보다 내가 더 나은 것이 있었다. 최대한 맛있게 도시락을 먹었다. 임세나는 다이어트가 괴롭다며 닭가슴살과 방울토마토 사진을 올렸는데, 돈가스를 마음 놓고 먹고 있는 내가 더 나을지도 모른다. 선택해야 한다면 퍽퍽한 닭가슴살보다는 바삭하게 튀긴 돈가스다.

"너 왜 이래? 이거 놔. 놓으라고!"

소란스러운 발걸음과 성난 목소리가 이쪽으로 다가오고 있었다. 예상치 못한 누군가의 등장에 몸이 바짝 얼어붙었다.

"놔! 너랑 할 말 없다니까!"

층층이 쌓아 올린 책상 탑의 여백 사이로 예솔고 교복을 입은 여자아이 두 명이 보였다. 다른 엑스트라 출연진일까? 아니면…….

"나는 할 말 있어. 너한테 할 말 있다고."

느릿하면서도 차분함을 잃지 않으려는 단정한 목소리. 시간이 한참 더 흐른다 해도 기억에 남아 있을 호연이 목소리였다.

"선생님한테 나라고 말한 게 너 맞지?"

호연이와 함께 온 애는 누구일까. 나는 조심스레 고개를 쭉 내밀었다.

"어, 맞아. 근데 그게 뭐?"

성진영의 얼굴이 보였다. 성진영은 호연이를 B급 동아줄로 여겼고, 호연이는 A급 이상의 친절로 성진영을 당겨 주곤 했다.

성진영 옆에 언제나 있어 주는 애는 호연이가 유일했다. 호연이가 천사라는 별명을 더 공고히 한 것도 성진영의 역할이 컸다. 둘이 합쳐 마이너스가 되는 조합, 나는 그게 정말 싫었다.

"어떻게 네가 나한테 그럴 수 있어? 내가 널 괴롭히고 단톡방에서 언어폭력까지 했다고 어떻게 그렇게 말할 수 있어?"

호연이가 감정을 담아 말하는 모습은 처음 보았다. 작은 틈 사이로 호연이의 당황한 표정이 또렷이 보였다. 그와 반대로 당당한 성진영의 뒷모습은 이질적으로 느껴졌다.

"어차피 넌 다 이해하잖아. 그렇다고 걔들이 그랬다고 어떻게 말해."

성진영이 호연이 뒤통수를 쳤다. 천사는 항상 누군가의 쓰레기통이 되고 만다. 누구에게나 만만한 호연이에게 언제나 도사리고 있는 일이었다.

"넌 그냥 끝까지 천사 해. 그게 네가 원하는 거잖아."

성진영이 교복 재킷에 묻은 먼지를 탁탁 떨어 내고는 뛰어갔다. 전에 본 적 없이 당당한 성진영의 모습을 뒤로하고 호연이가 굳은 표정으로 홀로 서 있었다.

나는 단 한 번도 호연이를 천사라고 생각한 적이 없었다. 천사라도 되어야 버틸 수 있는 절박함만이 보일 뿐이었다. 호연이를 볼 때면 나를 보는 것 같아서 싫었다. 완벽한 자기 확인. 상대를 통해 들여다보는 나의 진짜 모습은 마주칠 때 마다 나를 얼어 붙게 했다. 인정하기 싫었지만 호연이는 '나'였다.

온종일 나를 투명 인간 취급하다 무얼 주워 달라고 할 때만 예쁘게 웃던 진아. 나에게 눈길 한 번 주지 않고 대화하는 나은 이. 내가 뒤에 있는 줄 뻔히 알면서도 나를 향해 넘어지고는 사과 한마디 없던 아랑이. 그런 아랑이에게 쉬는 시간마다 자리를 내준 나. 그 모든 걸 알면서도 웃으며 서 있던 나 그리고 너. 모든 것이 싫어서 도망친 나와, 그런 자리를 자처한 너. 우리는 닮아 있었다. 성진영에게 당하고도 말 한마디 못하는 건, 호연이에겐 그런 성진영이라도 필요했기 때문이다. 나에게 그런 진아, 나은 이, 아랑이가 필요했던 것처럼. 꾹꾹 눌러 놓았던 선명한 감정들 이 부풀어 올라 터질 것 같았다.

'너랑 나는 안 돼. 어쩔 수 없어. 왜 그걸 몰라?'

호연이에게 외치고 싶었다. 공기 방석 끄트머리를 움켜쥐었 다. 그리고 한숨을 내쉬는 순간.

뻐-엉!

공기 방석이 우렁찬 소리를 내며 터져 버렸다. 오도카니 서 있던 호연이가 소리 난 쪽으로 다가왔다. 굳어 버린 몸으로 퍼지는 당혹감, 그것을 벗어 던질 공간이 어디에도 없었다.

책상이 켜켜이 쌓인 틈새로 호연이와 내 시선이 똑바로 마주쳤다. 나는 자리에서 천천히 일어났다.

"신혜야."

호연이 얼굴을 오랜만에 마주했다. 변한 것 없이 그대로였다.

"너, 교복……."

호연이는 당황한 얼굴로 나를 바라봤다. 같은 교복을 입은 우리, 그리 오래되지 않은 일 년 전에 이 공간을 먼지처럼 떠돌아다니던 우리. 나는 너와 같지 않다고 발버둥 쳤었다. 제풀에 꺾여 낙오자가 된 건 나일까. 아니면 너일까.

나는 말없이 휴대폰 화면을 만지작거렸다. 대답 없는 나를 호연이도 아무 말 없이 그저 물끄러미 바라볼 뿐이었다. 어색한 시간이 힘겹게 지나가고 있었다. 나는 휴대폰 화면을 슬쩍 보았다. 임세나 SNS에 올라온 릴스 영상이 무음으로 재생되고 있었다. 호연이는 내게 더 다가오지 못하고 있었다. 휴대폰을 재킷 주머니에 넣으려 했는데, 휴대폰 화면 어디를 건드렸는지 임세나의 밝고 경쾌한 목소리가 공기를 타고 이 공간 속에 스며들었다.

"여러분, 모두 즐거운 점심시간 보내고 계신가요?"

위태롭게 서 있던 호연이가 풀썩 그 자리에 주저앉았다.

아니요.

호연이가 조용히 내뱉은 말이 내게 전달됐다. 내가 보고 들은 호연이 모습 중에 가장 솔직한 모습이었다. 천사가 아닌 호연이의 눈물이 터져 버렸다. 호연이가 우는 이유를 궁금해하는 사람은 아무도 없었다. 나도 그랬으니까.

호연이 어깨가 가느다랗게 떨렸다. 늘어뜨린 긴 머리칼이 그 마음을 오롯이 감당하고 있었다. 호연이의 모습이 하나하나 선명했다. 묻고 싶었다. 도대체 무슨 일이냐고. 너는 어떻게 지내고 있는 거냐고. 하지만 나는 호연이에게 한 발짝도 다가서지 못하고 있었다. 여전히 같은 교복을 입고, 같은 공간에 있으면서.

몇 분을 서로 멀찍이 떨어져 아무 말도 하지 않았다. 눈물을 닦고 호연이가 나를 가만히 바라봤다. 나는 이제 예술고 학생이 아니니까, 호연이가 궁금해할 점에 대답할 수 있을 것 같았다. 조금 용기를 냈다.

"촬영 왔어."

"그랬구나. 잠깐 엉뚱한 생각을 했었어."

"그럴 수도 있지."

"응."

"근데 성진영하고 무슨 일이야?"

그러나 호연이는 입을 다물었다. 그때 점심시간이 끝나는 예비 벨이 울렸다. 호연이는 나를 한 번 더 바라보고 조용히 본관 쪽으로 향했다. 내 앞에 다 식어 버린 도시락과 터진 공기 방석이 펼쳐져 있었다.

"점심 어디서 먹었어요? 같이 먹으려고 계속 찾았는데."

"아, 그게……."

"어! 이거 공기 방석?"

에코백 사이로 보이는 공기 방석을 서인하가 가리켰다.

"이거 내 거랑 똑같네. 설마? 설마? 며칠 전 내 유튜브?"

서인하의 입이 벙싯 벌어졌다.

"네. 맞아요."

"진짜 맞아요? 난 또 누군가 했네. 그거 물어봐 줘서 진짜 고마웠거든요. 누가 그런 걸 물어보는 게 처음 있는 일이라서."

서인하는 신기하다는 듯 나랑 공기 방석을 번갈아 바라보았다.

"그런데 벌써 터졌어요. 한 번밖에 안 썼는데."

나는 에코백에서 공기 방석을 꺼내며 말했다.

"어, 불량인가?"

쪼그라진 공기 방석을 이리저리 훑어보는 서인하의 표정이 금방 진지해졌다.

"한 번 썼는데 터졌다고 게시판에 문의해 봐요. 불량이라고 하면 교환해 줄지 모르잖아요."

"그런다고 교환해 줄까요? 내 부주의 같은데."

"왜 내 잘못이 먼저라고 생각해요? 지난번에도 그러더니."

서인하가 셔틀버스 안에서 미스트 캔을 떨어뜨렸을 때, 내 발에 걸린 미스트 캔을 주워 주며 미안하다고 말했었다.

"그러지 마요. 세상이 얼마나 복잡하게 꼬여 있는데 다 내 잘못이라고 그래요. 그러면 사람들이 우습게 본다니까요."

서인하가 주머니에서 휴대폰을 꺼냈다.

"내가 대신 전화해 줘요?"

어떤 거리낌도 없이 밝았다.

"왜요?"

"친해지고 싶어서요."

서인하의 무해한 표정이 내 대답을 기다리고 있었다. 하지만 난 왜 모든 것이 복잡하기만 할까.

"왜요? 싫어요?"

"아, 아니요. 그게 아니라……."

"나 말고 누가 먼저 친하게 지내자고 한 적 없어요?"

고등학교 1학년 첫날, 낯선 학교 낯선 교실에 멀뚱히 앉아 있는 나에게 처음 인사를 건네 온 사람은 호연이었다.

"있었어요."

호연이에게 무슨 일이 생겼는지 듣지 못했다. 그동안 나에게 무슨 일이 있었는지도 말하지 못했다. 우리 사이는 쉬는 시간만큼이나 늘 짧았고, 점심시간만큼이나 늘 어려웠다.

"나는 딱 한 번 있었어요."

"그래요?"

"그게 언제인지 물어봐 줄래요?"

내가 또 대답을 제대로 못 하자, 서인하가 피식 웃었다.

"이 공기 방석 좌표를 물어봐 준 사람이 있었거든요. 며칠 전에."

"네?"

"그거 나랑 친하게 지내자는 말 아니었어요? 난 그런 줄 알았는데."

서인하가 멋쩍게 웃으며 남자 탈의실 쪽으로 뛰어갔다. 내가 댓글을 남긴 이유는 공기 방석이 필요하기 때문이기도 했지만, 그게 다는 아니었다. 그냥 알아봐 주고 싶었다. 누가 봐 주기를 바라는 마음을 나는 너무 잘 알고 있었다.

친하게 지내자는 말을 내게 처음 한 사람도 호연이였다. 그 말을 처음 들은 그때를 잊지 않고 있었다. 그런 말은 처음이었으니까. 하지만 나는 언제부터인지 호연이의 지나친 따뜻함이 불편해졌고, 결국 호연이를 밀어 냈다. 다른 아이들에게는 하지 못할 가시 돋친 말도 가끔 했다. 내가 그런 말을 해도 호연이는 내 옆에서 나를 봐 주었다. 호연이도 자신을 봐 주는 누군가가 필요했으리라는 걸 나는 조금 이해할 수 있게 되었다. 천사에게도 천사는 필요하다는 걸.

휴대폰을 꺼내 호연이와 나눈 문자 메시지를 찾아냈다.

- 네가 없는 학교는 지옥이야.

한강에서 마라톤 장면을 촬영하던 날 받은 문자 메시지가 마지막이었다. 늦었지만 내가 답해야 할 차례가 아닐까? 마치 정답을 알리는 신호처럼 수업 시작을 알리는 종소리가 울렸다.

서울역에 도착한 셔틀버스에서 내리자 서인하가 내 쪽으로 왔다.

"배 안 고파요? 뭐라도 먹고 갈래요?"

"네?"

"또 대답 안 하고 되물을 줄 알았어요. 아무튼 같이 가요. 내가 살게요."

서인하가 나와 보조를 맞추며 걸었다.

"지금 내가 너무 들이대는 것 같다고 생각했죠?"

서인하는 뭐가 그렇게 재미있는지 계속 웃었다.

학교 끝나고 집으로 가는 길에는 늘 배가 고팠다. 엄마는 내가 마음이 허해서 배가 고팠던 거라고 했다. 엄마 말이 맞는다. 하굣길에 누가 떡볶이나 햄버거 같은 걸 먹자고 하길 기다린 날도 많았다. 바보같이 내가 먼저 말하지는 못했다. 거절당하는 건 언제나 두려웠다. 내가 거절당하는 애, 혼자인 애라는 사실을 스스로 확인하는 거라고 생각했기 때문이다.

"어떻게 알았어요?"

"진짜로요? 아, 뭐야. 그냥 떠본 말이었는데."

서인하는 호의적이고 밝은 성격이었다. 친절하게 내민 손을 뿌리칠 이유가 있을까? 나를 불편하고 긴장하게 만드는 것을 하나씩 해결해야 할 사람은 나였다.

"나, 너랑 동갑이야."

간신히 말을 뱉었다. 빵빵하게 차올라 있던 긴장감이 피시식 바람 소리를 내며 빠져나갔다. 한결 편안해진 마음을 나 스스로도 느낄 수 있었다. 그러니 이제 또 한 발을 내딛어야 한다.

"이제 말 놓자. 그동안 너무 어색했거든."

내 제안에 서인하가 기다렸다는 듯 씩 웃었다.

"어우야, 당연히 그래야지."

친구는 어렵게 사귀어지는 존재가 아닐 거다. 친구의 모습을 그림으로 그린다면 가장 단순하고 선명한 형태일 것이다. 넘치는 배려, 과도한 친절, 입에 발린 말은 복잡하고도 흐릿했다.

서인하가 뭘 먹지, 라고 중얼거리자마자 누가 먼저랄 것도 없이 동시에 '떡볶이'를 외쳤다. 몇 발짝 가지 않아 즉석 떡볶이 가게가 보였다. 마치 어느 시나리오의 한 장면처럼.

우리는 주문 종이에 능숙하게 동그라미를 쳤다. 밀떡, 어묵과 치즈 떡 추가, 복숭아 맛 쿨피스까지 취향이 딱딱 맞았다. 주인아저씨가 우리가 주문한 떡볶이 재료를 양은 냄비에 가지런히 담아 내놓았다. 가스 불이 쉭쉭 소리를 내며 피어올랐다.

서인하가 쿨피스를 내 컵에 따라 주었다.

"다음 달리기 촬영, 진짜 기대되지 않아? 예솔고 전체 학생들이랑 찍는 거잖아. 지난번에 창문에서 야유 보내는 거 찍을 때도 진짜 소름 쫙 돋았거든. 그러니 이번엔 또 얼마나 스펙터클 다이내믹하겠어. 난 마음이 설레서 벌써부터 잠도 안 와."

서인하는 예전 촬영장에서 겪은 일들을 이야기하며 이번 촬영이 얼마나 특별한지를 열심히 설명했다. 하지만 나는 다음 촬영을 생각하면 도망치고 싶은 마음이었다. 어차피 대규모 촬영이라 엑스트라 한둘 빠진다고 큰 문제는 아니니, 여차하면 그날은 빠질 생각까지 하고 있었다.

"그날 어떻게든 앞줄에 서고 말 거야. 그때 잘 나오려고 몇 주 전부터 운동도 시작했거든."

서인하가 갑자기 팔뚝에 알통을 만들어 보이며 흡족한 표정을 지었다.

"너도 그날 같은 줄에 서면 좋겠다. 같이 나오면 좋잖아."

양은 냄비 뚜껑이 덜컹거리며 맛있는 냄새를 푹푹 피워 냈다.

"난 그날 못 갈지도 몰라."

"왜? 학교에서 출석인정 못 해 준대? 근데 예고는 거의 다 인정해 주지 않나?"

서인하가 뚜껑을 열고 라면 면발을 젓가락으로 흩뜨렸다.

"어디 예고 다녀? 나도 예고 가고 싶었는데 못 갔거든. 지금 학교는 출석 관리도 까다롭고, 선생님들도 까다롭고, 애들도 그렇고. 물론 내가 고작 엑스트라여서 그런 거겠지만."

서인하는 씁쓸한 표정을 지었다. 밝기만 한 표정 뒤에도 그늘은 있었다. 감추고 싶어도 감춰지지 않는 것이 우리에게는 있었다. 그걸 숨기는 방법이 다를 뿐이다.

서인하가 알맞게 익은 밀떡, 어묵, 양배추, 라면을 골고루 국자로 퍼서 내 앞접시에 담아 주었다. 지금껏 또래에게서 한 번도 받아 보지 못한 평범한 호의였다.

"많이 먹어. 내가 사는 거니까. 떡도 더 추가하고, 음료수도 막 더 시켜."

"너 용돈 많이 받는구나."

"아니, 용돈 쓸 일이 없어. 밖에서 친구들 만나고 놀러 가고 뭐 그럴 일이 별로 없거든."

서인하의 유튜브에 올라온 댓글들이 이 말을 뒷받침하는 것 같았다.

자신을 솔직하게 보여 주며 손을 내미는 것, 또는 내민 손을 잡아 주는 것. 가장 원하는 일이었으면서 또 가장 망설였던 일. 나는 아직도 내 몸 어느 구석에 남아 있는 긴장의 공기를 밖으로 더 빼내야 했다.

"나 예고 안 다녀."

서인하는 라면을 입 안에 욱여넣고 있었다.

"작년에 자퇴했어."

서인하의 입에서 면발이 뚝 끊어졌다.

"왜? 배우 하려고?"

"아니. 난 배우가 꿈은 아니야. 그냥 시간 남아서 하는 거지."

나도 모르게 살짝 웃음이 났다. 조금씩 긴장이 풀렸다. 한 번 더 이야기할 수 있을 것 같았다.

"학교에 적응을 못 했어. 자퇴한 학교가 예술고야."

잠깐의 정적 끝에 서인하가 테이블을 탁 쳤다.

"아, 어쩐지!"

"뭐가?"

"너 그 교복 진짜 잘 어울리더라니까. 솔직히 임세나보다 더."

우리는 누가 먼저랄 것도 없이 웃었다.

그저 입을 꾹 다물고 아닌 척하는 것이 내가 할 수 있는 전부라고 생각했었다. 한없이 무거워지고 심각해져 버리는 것, 그것이 내가 제일 잘하는 쓸데없는 일이었다. 그런데 내가 무안해할까 봐 던진 서인하의 농담이 분위기를 가볍게 만들었다. 비밀 같은 이야기를 아무렇지 않게 받아 주는 가벼움, 나에겐 그런 것이 필요했다.

"그럼 촬영 와서 예전 친구들 만났어?"

"응. 한 명 만났어. 아까 우연히."

다른 사람에게 호연이를 친구라고 말한 것은 처음이었다.

"반가웠겠네. 좋겠다. 친구도 있고."

금방 시무룩해진 서인하는 앞접시에 담긴 면발을 젓가락으로 뚝뚝 끊어 냈다.

"넌 학교에 친구 없어?"

"응."

"왜? 너 친구 많을 것 같은데."

서인하는 웃으려고 했지만 잘 안 되는 듯했다.

"아닌데. 학교 가면 엑스트라가 연예인병 걸렸다고 비아냥거리는 애들 많아. 촬영장 가면 엑스트라가 주인공 놀이 한다고 그러고. 나도 내가 어느 경계에 서 있는지 잘 모르겠어. 내가 좀 비호감 이미지인 것 같기도 하고."

서인하는 담담하게 자기 이야기를 풀어놓았다. 나도 서인하처럼 그 말을 가볍게 받아 주고 싶었다. 하지만 잘되지 않았다.

"워워, 심각하게 생각하지 마. 나 원래 속이야기 잘 안 하는데. 네가 비밀 털어놨으니 나도 털어 본 거야."

나, 호연이 그리고 서인하. 우리는 어떻게 살고 있는 걸까? 나는 아주 단순하면서 가벼운 대답을 떠올렸다. 그래서 나도 서인하와 똑같이 테이블을 탁 치며 말했다.

"너도 학교에 친구 있잖아."

"응? 누구?"

"나! 엑스 예솔고!"

서인하 얼굴에 환한 미소가 번졌다.

우리는 매운 떡볶이를 먹으며 가벼운 이야기를 나누었다. 마치 서로 비슷한 좌표계를 가진 친구처럼. 그러니까 친구가 된다는 건 선명하고 단순한 일이었다.

집으로 돌아오다가 편의점에 들러 엄마가 좋아하는 포도주스와 아빠가 좋아하는 보름달빵을 샀다. 포도주스와 보름달빵은 서로 꿀 조합이 아닌데, 엄마 아빠는 그 두 가지를 함께 먹을 때 가장 맛있다고 했다.

세탁소 문을 열고 들어가니 엄마가 재봉틀 앞에 앉아 일하고 있었다.

"왔니? 오늘 힘들었지?"

"아니, 괜찮아."

엄마는 내가 학교에 가는 걸 내심 신경 쓰는 눈치였다. 물론 지금은 일하러 가는 거지만, 엄마는 여전히 나를 걱정하고 있었다. 우리 가족에게 학교는 그때나 지금이나 어려운 숙제였다.

"저녁 안 먹었지? 얼른 차려 줄게."

엄마가 일어서자 아빠가 다리미를 내려놓으며 내게 손짓을 했다.

"그 바지 조금 있다 찾으러 온다고 했잖아. 신혜 밥은 내가 차려 줄 테니까……."

"괜찮아, 아빠. 나 저녁 먹었어."

"누구랑?"

엄마 아빠가 동시에 물었다. 엄마랑 아빠는 언제나 마음이 잘 맞는 친구다.

"친구……."

"친구 누구?"

"뭐가 그렇게 궁금해?"

나는 포도주스와 보름달빵이 담긴 비닐봉지를 한쪽에 놓인 테이블에 올려놓았다.

"이거 엄마 아빠 나눠 먹어. 난 올라가서 씻고 좀 쉴래."

"이게 뭐야?"

엄마랑 아빠는 얼굴을 맞대고 비닐봉지를 열었다. 출출했는데 마침 잘됐다며 포장을 뜯었다. 그러면서 자꾸만 내 눈치를 살폈다. 친구랑 저녁을 먹고 왔다는 내가 궁금해 죽겠다는 표정이었다.

잠들기 전에 휴대폰을 열어 호연이와 나눈 문자 메시지를 찾았다.

-네가 없는 학교는 지옥이야.

그 말이 싫어 답장을 하지 않았었다. 그러나 오늘은 그 말이 조금 다르게 다가왔다. 나는 어떻게 하면 이 말을 가볍게 받아 줄 수 있을까? 물론 호연이가 어떤 마음으로 보낸 메시지인지는 알 것 같았다. 끊임없이 내 등을 노크했던 호연이. 나도 한 번쯤은 호연이에게 손을 내밀 수 있을까? 언제쯤 호연이를 향해 가볍고 선명한 마음을 가질 수 있을까? 호연이는 아직도 나를 기다리고 있을까? 나는 호연이가 보낸 마지막 메시지를 오래도록 바라보았다.

줌 인, 줌 아웃

며칠 동안 촬영이 없어 집에서 대부분의 시간을 보냈다. 하는 일 없이 침대에 누워 있다가 엄마 아빠가 부르면 바쁜 일을 도왔다. 세탁된 옷에 비닐을 씌우거나, 받을 돈을 계산해 두거나, 엄마가 수선한 옷에 붙은 실이나 먼지를 돌돌이로 떼는 일이었다.

그러는 며칠 사이 서인하와는 간간이 연락을 주고받았다. 〈러닝메이트〉 야외 촬영으로 놀이공원에도 다녀오고, 동해 바다에도 다녀왔다고 했다. 배우가 꿈인 서인하가 맡은 역할은 놀이공원 안전 요원, 동해 바다 모래사장을 거니는 행인들 중 한 명이었다. 촬영하면서 짬짬이 찍은 영상이 서인하 유튜브에 올라왔다. 서인하가 유튜브에 올린 많은 클립 중 내가 가장 좋아한 건 파도가 넘실대는 푸른 동해를 배경으로 서인하가 내레이션을 한 20초짜리 영상이었다.

– 나는 자주 생각해 봐. 내가 미래에 배우가 됐을 때를 말이야. 내 필모그래피에 수많은 엑스트라 역할이 있었다는 사실을 사람들이 알게 된다면 그건 정말 많은 사람들에게 희망이 될 것 같지 않아? 그런 미래를 상상한다면 이건 정말 아주 재미난 일이잖아. 지금을 버텨 내는 순간순간은 결코 쓸모없는 시간들이 아니야. 미래로 가는 한 걸음 한 걸음이지. 내가 한 걸음을 내디딜 때마다 나를 지켜봐 주는 사람들 모두 고마워.

서인하는 사람들 눈에 보이지도 않는 엑스트라 역을 가장 성실한 자세로 해내고 있었다. 어떤 역할이든 마다하지 않았다. 촬영 조건과 장소가 좋지 않은 곳조차 마다하지 않고 첫 번째로 지원하기도 했다.

며칠 전, 커피숍에 함께 앉아 있는 사람 1, 2를 했던 날 우리는 주인공 임세나와 테이블 몇 개를 등지고 앉아 이런저런 이야기를 나눈 적이 있었다. 카메라는 임세나를 향해 줌 인, 우리에게서는 줌 아웃이었다. 우리가 무슨 말을 해도 화면 안에서는 자세히 보이거나 들리지 않는다.

"넌 정말 이 일을 즐기는 것 같아. 일할 때 행복하지?"

내가 묻자 서인하는 앞에 놓인 찻잔을 조심스레 만지작거렸다. 동해 바닷가에서 까맣게 그을린 서인하의 손등 위로 유리창을 통과한 햇살이 드리웠다.

"그래? 난 불안할 때가 더 많은데."

나는 예상 밖의 대답에 조금 놀랐다. 내가 좋아하는 영상 속 서인하의 당찬 모습이 아니었다. 내가 보고 있는 서인하와 영상 속 서인하 중 어떤 것이 정말 서인하의 모습일까?

이 감독의 NG 사인이 커피숍 안에 울려 퍼졌다. 임세나의 연기는 이 감독의 사인에 맞춰 멈춰 버렸지만 우리의 대화는 계속 이어졌다.

"나 사실은 되게 조급해. 늘 쫓기는 기분이야. 부모님도, 선생님도, 친구들도 다 열심히 하는 내가 안 보이나 봐. 진짜 내 모습을 봐 주는 사람은 아무도 없는 것 같아서 불안해. 나 좀 봐 달라고 진짜 열심히 하는데, 내가 쓸데없는 짓을 하고 다니는 건 아닐까 의심이 들면 힘들어지더라고. 거기다 촬영장에서까지 나에 대해 이러쿵저러쿵하는 말이 요즘은 왜 이렇게 신경이 쓰이는지 모르겠어."

서인하 안에는 서정배가 있다. 밝고 긍정적인 외피를 두른 서인하 안에는 불안하고 여린 서정배가 있다. 그러니까 내가 지금껏 본 서인하는 그저 '서인하'에 불과했는지 모른다. 그 속을 채우고 있는 건 길고 곱슬곱슬한 앞머리에 눈이 동그랗고 팔다리가 깡마른 서정배였다. 자신의 꿈이 두렵고 스스로를 믿을 수 없어 초조한 서정배가 나에게 속마음을 이야기하고 있었다.

"신 넘버 53, 테이크 투, 액션!"

이 감독의 큐 사인에 맞춰 실내가 조명으로 밝게 빛났다.

"눈이 어떻게 된 거 아냐? 손님이 와 있는 줄도 모르고, 주문한 것도 모른다는 게 말이 돼? 당장 사장 나오라고 해!"

극중 새롬이 엄마 역할을 맡은 배우가 임세나를 향해 고함을 질렀다. 임세나가 연기하는 예진이를 작정하고 괴롭히려는 목적으로 찾아온 것이었다. 임세나는 대본대로 죄송하다고 고개를 꾸벅이며 몸을 잔뜩 웅크리고 있었다. 하지만 우리는 그쪽 상황과는 아무 상관이 없었다. 그저 큰 움직임 없이 앉아 저들의 배경이 되어 주면 된다. 우리는 이 자리에 있지만 없는 것과 마찬가지였다.

서인하가 앞에 놓인 커피 잔을 입에 댔다. 그 안에 든 건 그냥 물이었다.

"서정배."

서인하는 물을 뿜을 뻔하다가 가까스로 참아 냈다.

"너, 내 이름 어떻게 알았어?"

생각보다 목소리가 큰 탓에 하마터면 엑스트라가 NG를 낼 뻔했다.

"난 네가 되게 잘 보여."

내 말에 서인하는 사레까지 들렸다. 서인하는 튀지 않게 목을 가다듬었다. 우리는 엑스트라지만 촬영장에서는 프로답게 행동한다.

서인하가 나를 바라보았다.

"나도 네가 잘 보여."

서인하는 나보다 조금 덜 느끼한 톤으로 말했다. 역시 연기는 나보다 서인하가 더 낫다.

"그래?"

"너도 사연 많은 애라는 걸 내가 딱 보고 알았다니까."

더는 어떤 말도 없이 우리는 서로를 보고 그냥 웃어 버렸다. 우리 뒷자리에서는 새롬이 엄마가 커피잔을 들고 우아하게 커피 마시는 장면을 찍고 있었다. 그러나 우리 엑스트라의 커피 잔은 비어 있거나 물이 담겨 있었다. 나는 빈 커피 잔을 입에 가져갔다. 아무것도 담기지 않았지만 맛있는 커피가 담겨 있는 양 한껏 폼을 잡아 봤다.

"오, 너 연기 많이 늘었다."

서인하가 웃으며 물이 담긴 찻잔을 나처럼 입에 가져다 댔다. 그러고는 커피를 마시는 것처럼 우아하게 창밖을 내다봤다.

"넌 당장 커피 광고 찍어도 되겠다."

"그래? 진짜?"

"네가 커피 광고 찍으면 내가 그것만 사서 먹는다."

"무슨 섭섭한 소리야. 내가 광고 찍으면 너한테 한 박스 선물해 줘야지."

"에계, 겨우 한 박스? 나 은근 많이 먹는다고."

"그래? 사연 많은 애들은 보통 뭘 잘 안 먹던데."

"뭐라고?"

내가 조용히 발끈하자 서인하가 킥킥 웃었다.

우리 둘 사이엔 대본이 없었다. 어떤 말을 해도 NG를 외치는 사람이 없다. 줌 인, 줌 아웃 어느 초점에서도 자유롭다. 어쩌면 이건 주인공의 세계에서나 가능한 일이 아닐까?

서인하의 손등을 비추던 햇살이 어느새 더 깊어져 그 아이의 등을 따스하게 비추고 있었다. 어떤 조명도 부럽지 않을 만큼 서인하가 내 눈에 선명하게 보였다. 그 어떤 연출도 필요하지 않았다.

서인하와 서울역에서 헤어지고 집까지 혼자 걸었다. 30분 정도 거리여서 운동 삼아 걸을 만했다.

집 근처에 다다랐을 무렵, 예솔고 교복을 입은 여자애 두 명이 팔짱을 끼고 걸어가고 있었다. 그 애들 뒤로 길게 늘어진 그림자가 서로 다정해 보였다. 무슨 얘기가 그렇게 재미난지 골목이 떠나가라 깔깔 웃어 댔다. 분명 아주 사소하고 단순한 이야기일 거다. 그래서 웃음을 참지 않는 거다.

나는 주머니에서 휴대폰을 꺼냈다. 버려 둔 책상이 켜켜이 쌓인 곳에서 주저앉아 울던 호연이. 나는 주먹을 꼭 쥐고 마음을 꼭꼭 닫은 채 줄곧 외면해 왔던 호연이의 진짜 모습을 보았다. 호연이가 속에 감추어 둔 진짜 마음이 내 마음과 다르지 않다는 것도 알았다. 나는 휴대폰을 꺼내 호연이에게서 온 문자 메시지를 찾았다. 그러고는 며칠 동안 준비했지만 보내지 못했던 말을 드디어 작은 휴대폰 화면에 띄웠다.

– 어떻게 지내?

평범하기 짝이 없는 문장 하나를 띄워 놓고 전송 버튼을 누르지는 못했다.

앞에서 가던 두 아이는 내일 만나자며 두 갈래 길에서 헤어졌다. 호연이와 나는 어떤 말을 나눌 수 있을까? 다른 애들 앞에서는 웃기만 하면서 호연이 앞에서는 예민하고 차갑게 굴었다.

내 감정을 있는 그대로 표현한 건 호연이 앞에서뿐이었다. 호연이는 나의 어떤 모습이든 이해해 주리라는 믿음이 있었다. 내 행동은 아이러니 그 자체였다. 내가 호연이처럼 될 것 같아 불안했다. 천사라는 탈을 써야만 다른 사람에게 보이는 존재가 되고 싶지 않았다. 그렇지만 나는 결국 더 좋지 않은 모습으로 나도 모르게 그 전철을 밟고 있었다.

오랜만에 호연이의 SNS에 접속했다. 그러나 호연이의 계정은 비공개로 바뀌어 있었다. 밤늦도록 나는 전송 버튼을 누르지 못하고 있었다.

플래시백

예솔고에서의 마지막 촬영이 이틀 남았다. 나는 달리기 대회 촬영 날 가야 할지 말아야 할지 아직 결정을 내리지 못하고 있었다. 전교생과 함께 하는 촬영은 아무래도 부담스러웠다.

"일단 와. 변장 같은 거 하면 되잖아. 우리가 달리 배우겠어?"

서인하는 며칠 전부터 나를 설득했다. 변장할 수 있는 가발이나 안경, 메이크업 제품을 가져오겠다는 말도 했다. 자기가 크게 기대하는 촬영인 만큼 그 순간을 나와 공유하고 싶은 마음이 큰 것 같았다. 그렇지만 예솔고는 나에게 단순한 촬영장일 수가 없었다.

"그날 못 갈 수도 있다고 말해 놨는걸."

"내가 전화해 봤더니 그날은 많이 올수록 좋댔어."

"난 아직 자신이 없어."

내 불편한 마음을 조금 더 잘 전달하고 싶었지만 마땅한 표현이 떠오르지 않았다.

"애들은 내가 왜 그때 학교를 그만두었는지 그 이유조차 모를 거야."

자퇴라는 엄청난 선택을 했는데도, 아이들은 그 사실조차 잊고 있을 것 같았다.

"네가 가겠다고 하면 내가 공기 방석 하나 더 챙겨 갈게. 같이 촬영하고 우리끼리 뒤풀이도 하자, 응?"

나는 조금 더 생각해 보겠다 하고 일단 전화를 끊었다. 1층 세탁소로 내려가려는데 계단에 엄마가 서 있었다. 내가 서인하랑 통화하는 걸 들은 걸까? 조금 신경쓰였지만 엄마랑 같이 1층으로 내려왔다. 엄마는 아무 내색 없이 재봉틀 앞에 앉았다. 그러고는 재봉틀 앞에 놓인 바지 허리 부분을 맞잡아 접고는 바지를 옷걸이에 걸었다.

"신혜야, 이 바지 짱코 아저씨 거야. 이번 영화에서 처음으로 대사 세 줄 받았단다. 아주 신이 나서 입이 코에, 아니 귀에 걸렸더라. 내일 촬영장에서 입을 거라기에 내가 허리랑 길이까지 싹 다 손봐 줬어."

"그래? 잘됐다. 아저씨 드디어 소원 풀었네."

엄마가 옷걸이를 행어 맨 앞줄에 걸었다.

"맞아. 너도 알잖아. 짱코 그이가 얼마나 열심히 촬영장 뛰어다녔니. 누가 뭐라고 해도 끝까지 하니까 대사 세 줄이라도 하게되네. 내가 다 눈물이 나려고 그러는 거 있지."

엄마가 고개를 슬쩍 돌렸는데, 엄마 눈에 진짜 눈물이 맺혀있었다.

나는 나의 자퇴를 '도망'이라고 정의했다. 그러나 엄마 아빠는 용기 있는 '탈출'이라고 했다. 나를 위한 엄마 아빠의 가장 안전한 해석이었다. 그런데 엄마 아빠가 정말 하고 싶은 말은 무엇이었을까? 어쩌면 도망치지 말고 조금 더 버텨 보라는 말은 아니었을까? 언젠가 한 번은 엄마 아빠의 그런 마음과 마주쳐야하리라는 생각을 했었다.

"엄마는 아직도 내가 걱정돼? 내가 자꾸 중간에서 그만둘까봐 겁나?"

엄마가 나를 바라봤다. 내가 학교에 적응하지 못한 어린 시절부터 학교를 그만두고 나온 지금까지 엄마도 나만큼 힘들었을 거다. 이미 잘 맞는 바지의 허리와 길이를 또 한 번 손보고 티끌 하나라도 묻었을까 봐 먼지를 떼고 또 떼어 내는 건, 나를 향한 엄마의 마음이기도 했다.

"겁 안 나."

엄마가 힘주어 하는 말에 눈물이 왈칵 쏟아질 것 같았다. 엄마도 내 얼굴을 보고 울컥한 듯 얼굴이 붉어졌다.

"촬영장 가서 남사친 생긴 거 보여 줘. 걔들은 배우가 꿈인 남사친 없지?"

엄마는 괜히 서인하를 대화에 끼워 넣었다. 대화가 엉뚱한 방향으로 흘러갔다.

"엄마, 예솔고 전체 학생들하고 찍는 거야. 혹시라도 애들이나 선생님이 날 보면 어떻게 생각하겠어?"

"뭘 어떻게 생각해. 배우로 성공했구나 하겠지."

"엄마, 나는 주인공 임세나가 아니야."

"내 눈엔 임세나보다 장신혜가 몇백 배는 더 예뻐."

"말도 안 돼. 이 말을 들으면 임세나 팬들이 날 가만 놔둘 것 같아?"

내가 어이없어하자 엄마가 나를 물끄러미 바라보며 말했다.

"엄마 아빠 인생에선 네가 주인공이야."

예솔고의 수많은 학생들 속에서 내가 어떻게든 화면에 나온다면 엄마는 엄마를 위한 답도 찾을 수 있을까? 그 답이 엄마만을 위한 것이 아니라 나를 위한 것일 수도 있을까?

나는 다시 2층 내 방으로 올라왔다. 장롱을 열어 보았다. 엄마 아빠가 깨끗하게 세탁해 놓은 진짜 내 교복과 체육복이 가지런히 걸려 있었다. 교복 아래쪽에 검은 비닐봉지가 있었다. 열어 보기도 전에 안에 담긴 것이 유니콘 머리띠라는 걸 알아챘다. 머리띠 안쪽에 뾰족하게 솟은 빗살이 부러져 있었다. 내 머리에 부딪혀 부러진 빗살을 만져 보았다. 내 뒤통수에도 같은 결점이 있다. 아무도 몰라줬지만 분명히 있다. 그때는 모르려고 애쓰던 것들이 이렇게 내 눈앞에 있다는 것을 지금의 나는 안다.

아침잠이 많은 편인데 어쩐 일인지 새벽 일찍 눈이 떠졌다. 자리를 털고 일어나 방 창문을 열었다. 엄마가 세탁소 앞을 청소하고 있었다. 엄마는 내가 고등학교에 입학하면서부터 알람을 오전 6시로 맞췄다. 엄마의 부지런함 덕분에 아침마다 윤기가 흐르는 따뜻한 밥을 먹고 학교에 갈 수 있었다. 엄마의 시공간은 세탁소 안에서만 존재한다. 그 안에서 일을 하고 밥을 먹고 그 앞을 청소한다. 그리고 나를 돌본다.

나중에는 오늘 학교에 촬영하러 가지 않은 걸 더 후회할지 모른다. 하루 치 일당이 빠진 자리는 생각보다 존재감이 클 테니까.

– 나 오늘 변장 어떻게 할까?

서인하에게 문자를 보내자마자 답장이 왔다.

– 마스크. 오늘 미세먼지 나쁨.
– 촬영 중에 마스크 써도 돼?
– 괜찮아. 어차피 임세나만 보임.

엄청난 주인공을 방패로 쓸 수 있다.

나는 창문을 열고 엄마를 불렀다. 엄마가 깜짝 놀라며 2층 내 방 쪽을 올려다봤다.

"나 아침밥 몇 시에 먹을 수 있어?"

엄마가 두 손을 입에 대고 외쳤다.

"지금"

"10분 후에 내려갈게."

엄마가 머리 위로 커다란 동그라미를 만들었다. 엄마는 이제 아침 6시에 일어나 밥을 새로 할 필요가 없는데도 밥을 했나 보다. 언제부터 그랬을까? 계속 그래 왔던 걸까?

서인하가 셔틀버스 안에서 마스크와 알이 없는 커다란 뿔테 안경, 쇼트커트 가발 그리고 공기 방석이 담긴 쇼핑백을 내밀었다. 그러고는 쇼트커트 가발 쓰는 걸 도와줬다.

"너 빌려줄 일 생길 것 같아서 미리 샴푸까지 해 놨어."

내가 풀고 있던 머리를 다시 묶으려는데 서인하가 내 뒤통수에 남은 흔적을 보고 말았다.

"어? 너 땜빵 있네! 꿰맨 거야?"

"그게 보여?"

이 상처를 아는 사람은 엄마, 아빠, 나 그리고 호연이뿐이었다.

"머리카락도 안 날 정도면 다쳤을 때 꽤 아팠겠는데?"

"맞아. 내가 원래 아픈 걸 잘 참는 사람인데, 이건 못 참겠더라."

서인하가 가발 끝을 쥐고 내 머리통을 쏙 감싸 준 다음, "됐다"라고 말하며 웃었다.

"완벽하게 가려졌어. 이 정도면 마스크 벗어도 알아보지 못할 거야."

서인하가 만족스러운 듯 오케이 사인을 보냈다. 거울에 비친 내 모습이 나도 마음에 들었다.

'우리함께런'은 아침 9시 정각에 시작된다. 오전에 학생들의 다인다각 경기가 열리고, 점심 식사 후에는 2인3각 달리기만 열린다. 모든 달리기는 기록을 잰다. 예솔재단에서는 기록을 환산한 금액을 예솔복지회에 학생 이름으로 기부해 준다. 〈러닝메이트〉 팀도 영화 수익의 일부를 기부한다고 했다.

〈러닝메이트〉 촬영 팀은 오전에 열리는 다인다각 경기에 합

류해 촬영할 예정이었다. 예솔고 학생들과 배우들이 함께 대규모로 촬영할 예정이라 촬영 팀과 스태프들은 새벽부터 나와 동선과 카메라 워킹 이야기를 나누는 듯했다.

예솔고 학생들은 운동장에 촬영 장비가 세팅되고 외부인이 돌아다니자 모두 기분이 붕 떠 있는 듯이 보였다. 임세나 같은 유명 연예인과 함께 촬영하고 영화의 한 장면에 나온다니 특별한 이벤트인 것이 당연했다.

서인하와 나는 운동장 구석에 마련된 엑스트라 대기 구역에서 공기 방석을 깔고 앉았다.

예솔고 운동장에는 육상 트랙이 있다. '달리기의 힘'을 설파하고 다녔다는 예솔재단의 이사장 할머니의 큰 뜻이었다. 일 년에 두 번, 봄가을에 달리기 대회가 열리는데, 1인 경기는 없다. 오로지 홀수, 짝수로 발을 묶고 달리는 합동 경기다. 개인보다는 단체의 중요성을 강조하는 규칙이었다. 〈러닝메이트〉 팀의 제작 의도를 고려하면 예솔고를 촬영지로 선택한 것도 어쩌면 당연한 일이었다.

각 팀은 며칠 전에 모두 출발 순서를 부여받았다. 학생들은 출발 순서가 적힌 번호와 팀명을 가슴에 붙이고 있었다. 같은 학년끼리는 반과 상관없이 팀을 자유롭게 꾸릴 수 있었다. 나는 나를 들키고 싶지 않으면서도 어느새 성능 좋은 카메라가 되어 학생들의 얼굴을 훑어보고 있었다.

"아……!"

어느 한 지점에 내 시선이 멈추면서, 나도 모르게 서인하 어깨 뒤쪽으로 상체가 기울어졌다. 진아, 나은이, 아랑이가 보였다. 진아는 여전히 돋보였고, 나은이는 변함없이 진아 오른쪽에서 팔짱을 끼고 있었다.

"왜? 아는 애들이라도 봤어?"

"아니."

나는 정지했던 시선을 옆으로 더 천천히 옮겼다. 같은 학년끼리 만든 팀들은 서로 뭉쳐 있었는데, 호연이만 홀로 한 귀퉁이에 서 있었다. 예솔고 '천사'는 늘 그랬던 것처럼 어디에도 속해 있지 않았다. 그리고 천사가 혼자 서 있다는 것을 아는 사람도 여전히 없었다.

서인하가 촬영 분위기를 휴대폰 동영상으로 찍으며 볼멘소리를 했다.

"어쩜 우리 쪽으로 곁눈질하는 애들이 하나도 없냐. 우리도 엄연히 출연진인데."

전부 임세나를 비롯한 배우들이 준비하고 있는 임시 텐트 쪽만 보고 있었다.

"우린 있어도 없는 거잖아."

내 말에 서인하가 실망한 듯 휴대폰을 내려놓았다. 그러면서도 가느다란 양팔을 구부렸다 폈다 하며 팔 근육을 만들려고 안간힘을 썼다.

다인다각 경기가 시작됐다. 잠시 후면 임세나의 촬영이 본격적으로 시작될 예정이었다. 그런데 우리 옆에 마련된 배우들 대기 구역에서 소란이 일었다. 최조가 급히 그 안으로 뛰어 들어갔다. 누가 119를 불러야 하는 거 아니냐며 호들갑을 떨었다. 최조가 남자 한 명을 업고 텐트 밖으로 나왔다. 업힌 남자는 어디가 아픈지 끙끙 앓는 소리를 냈다. 스태프 몇 명이 최조 뒤를 따라붙었다.

그 남자는 곧 임세나와 강민채 옆에서 3인4각 달리기를 촬영할 한국예고 신인 배우였다. 극 중에서 임세나가 실수하도록 강민채와 함께 고의적인 행동을 하는 역할이었다. 10초 정도 짧고 굵게 나올 인물인데, 긴장한 탓에 복통이 온 것 같다는 말이 들렸다.

"그럼 그 역을 누구로 대체하지?"

누가 이렇게 말하는 소리가 들리자 서인하는 얼른 무릎을 꿇고 두 손을 하늘 높이 모아 올렸다.

"아, 제발. 제발⋯⋯."

"너 갑자기 뭐 하는 거야?"

"제발 저에게 기회를 주세요. 네? 제발요!"

서인하는 예전 작품에서도 이 감독이 촬영 중에 지나가던 일반인을 캐스팅했다고 했다. 그 사람은 제법 유명해져서 광고까지 찍었다고 했다. 나도 몇 번 본 적 있는 노트북 광고였다.

"내가 괜히 이 감독님 작품에 빠짐없이 출석하는 줄 알아? 오늘도 그러지 말라는 법 없잖아. 안 그래? 이제 시간도 얼마 안 남았는데 이 학교 안에 있는 사람들 중에서 뽑겠지. 안 그래? 3인4각 경기를 2인3각으로 할 수도 없고. 안 그래?"

서인하는 '안 그래?'라는 말을 몇 번이고 반복했다. 동의를 구하는 서인하의 말에 나도 '그렇지'라고 계속 맞장구쳐 줘야 했다. 그리고 몇 분 뒤, 정말 서인하 말대로 이 감독이 최조와 함께 엑스트라 대기 구역으로 성큼성큼 걸어왔다.

"얼른 한 명을 채워야 하는데……. 어디 보자."

이 감독은 야구 모자에 잠자리 눈 같은 선글라스를 쓰고 우리 앞에 섰다. 선글라스에 가려진 눈이 어디를 보고 있는지 알 수 없었다. 서인하는 공기 방석까지 치우고 자세를 바르게 고쳐 앉았다. 이 감독이 최조와 의견을 나누는데 무슨 말인지 자세히 들리진 않았다. '시간 없으니까', '빨리', '남학생'이라는 말만 간간이 들렸다. 남학생이 빠졌으니 당연히 남자 배우를 물색해야 한다.

서인하 얼굴에 긴장감과 기대감이 흠뻑 묻어 있었다. 서인하
의 기도가 통할 것 같아서 나도 바짝 긴장됐다. 서인하가 이 역
할에 캐스팅되면 엄마 말처럼 곧 배우가 될 남사친이라고 누구
에게나 자랑할 수 있을 테니 말이다.

"저기 앞머리 곱슬곱슬한 남학생, 잠깐 이리 나와 볼래요?"

이 감독이 서인하를 불렀다. 서인하가 잔뜩 긴장한 얼굴로
걸어 나가는데 양쪽 귀가 새빨갛게 물들어 있었다. 너무 긴장해
서 어쩔 줄 모르는 표정을 보자 오늘 촬영장에 오길 잘했다 싶었
다. 오늘을 기념하고 싶어 휴대폰으로 서인하 사진을 찍었다.
'찰칵' 소리와 함께 쓸데없이 눈물이 나왔다. 뿔테 안경을 벗고
찔끔 흘러나온 눈물을 닦았다.

"어? 저기 저 남학생도 나와 봐요."

이 감독이 대뜸 나를 보고 손짓했다. 함께 대기하고 있던 엑
스트라들의 시선이 일제히 나에게로 향했다.

"이리 잠깐 나와 보겠어요?"

이 감독이 나를 부르자 서인하가 당혹해하는 기색이 역력했
다. 기대와 긴장감에 벌게졌던 서인하 얼굴이 그대로 굳었다.

"아뇨. 저는⋯⋯."

내가 얼버무리자 이 감독이 내 쪽으로왔다.

"달리다가 임세나 쪽으로 넘어지면서 째려보는 장면이 있는데, 어때요? 잘할 수 있죠?"

"네?"

"잘할 수 있느냐고요."

"아, 아뇨. 저는 연기 안 해 봐서 못해요. 이 친구가 더 잘해요."

나는 손으로 다급히 서인하를 가리켰다. 어느 한순간 이 감독의 시야에서 사라진 서인하는 여전히 이 감독을 긴장한 얼굴로 바라보고 있었다. 눈빛에서 간절함이 묻어났다. 그러나 선글라스 뒤에 숨은 이 감독의 눈빛은 분명 서인하를 향해 있지 않았다.

아랑이와 부딪쳐 넘어진 나를 아무도 보아 주지 않았던 기억이 떠올랐다. 서인하가 지금 어떤 기분일지 나는 너무 잘 알고 있었다. 나는 무슨 말이라도 해서 이 감독의 결정을 바꿔야 했다.

"저……, 저는 여잔데요."

이 감독이 몰랐다는 듯 웃었다. 그러자 최조가 옆에서 끼어들었다.

"감독님, 대본상 남학생인데 여학생으로 가시려고요?"

이 감독은 서인하가 내게 씌워 준 쇼트커트 가발을 가리키며 말했다.

"아리송하게 가 보자고. 재밌잖아."

이 감독이 씩 웃었다.

"안경은 빼고 갑시다. 눈빛을 살려야 하니까."

이 감독은 자신의 선택에 만족한 듯 웃으며 자리를 떴다.

"일단 나 따라와요. 대본 한번 빠르게 맞춰 봐야 하니까."

최조가 시간이 없으니 빨리 따라오라며 나를 재촉했다. 서인하는 꿈쩍도 않고 그 자리에서 굳은 얼굴로 나를 보고 있었다. 나는 뭐라고 말을 해야 할지 머릿속이 아득하기만 했다. 실망감과 당혹감이 뒤범벅된 표정 그대로 서인하는 내게서 천천히 등을 돌렸다. 바삐 앞서가던 최조가 뒤를 돌아보며 빨리 오라고 소리쳤다. 뒤에 있던 엑스트라 배역들이 부럽다며 시샘과 응원이 뒤섞인 환호성을 질렀다.

나는 서인하에게 무슨 말이든 하고 싶었지만 아무 말도 나오지 않았다. 서인하의 등이 미세하게 떨리는 것을 알 수 있었다. 내가 서인하에게 찾아온 기회를 빼앗았다는 생각에 현기증이 일었다. 오늘 꼭 함께 촬영하자며 나를 불러 주고, 혼자인 내게 스스럼없이 다가왔던 서인하의 기회를.

서인하에게 말 한마디 하지 못한 채, 최조의 재촉에 이끌려 배우들이 대기하고 있는 텐트 안으로 들어갔다. 임세나와 강민채가 대본을 보며 달리기 동작을 맞춰 보고 있었다. 최조가 대본을 내게 보여 주며 말했다.

"임세나랑 강민채 사이에 서면 돼요. 어느 정도 보폭 맞춰 달리다가, 강민채가 팔짱 긴 손에 사인을 보낼 거예요. 그때 임세나하고 묶인 쪽 발을 힘껏 잡아당겨요. 임세나가 대본대로 비틀거리면 임세나 쪽으로 세게 넘어지면 돼요. 임세나 실수인 것처럼. 알겠죠? 둘이 같이 넘어진 상태에서 임세나 잘못인 척하며 날카롭게 째려보면 됩니다. 이때 카메라가 본인 얼굴 타이트하게 잡을 거고요. 그때 짧게 욕 한 번 뱉을 거예요. 대본 보세요."

최조는 나를 임세나와 강민채 사이에 세웠다. 양옆에 유명한 배우 둘이 서 있는 것만으로도 모자라 서로서로 발이 묶여 버렸다. 지금 나에게 어떤 일이 벌어지고 있는지 실감이 나지 않았다. 서인하도, 나를 알아볼 예솔고 아이들도 제대로 걱정할 수 없을 만큼 심장이 요동쳤다.

"자 자, 리허설할 시간도 부족하니까 출발선까지 다리 묶고 가면서 맞춰 봅시다."

임세나와 강민채가 내 양팔에 자기들 팔을 끼웠다.

"잘 부탁해요."

임세나가 나를 보고 웃어 줬다.

"내가 손가락으로 살짝 신호를 줄게요. 그때 세나 씨랑 묶인 쪽 발을 당기면 돼요."

강민채가 긴장하지 말라며 다시 한번 내게 흐름을 이해시켜 주었다.

"좋은 기회니까 떨지 말고 잘해 봐요."

임세나가 내 손등을 쓰다듬으며 다정하게 말했다.

무전으로 곧 촬영이 시작된다는 연락이 왔다. 임세나와 강민채는 가운데에 선 내 팔짱을 끼고 걸어 나갔다. 왼발, 오른발, 내 옆의 주인공 두 사람이 정답게 구호를 외쳤다.

텐트를 나오자 햇살이 내리쬐는 운동장이 한눈에 들어왔다. 카메라와 조명, 각종 촬영 장비가 세팅된 출발선은 더 밝은 빛을 뿜어내고 있었다. 우리가 모습을 드러내자 학생들이 소리를 질러 댔다. 임세나와 강민채는 발이 묶인 상태에서도 학생들에게 허리 숙여 인사하고, 손을 흔들어 주었다. 나는 다리에 힘이 풀려 그 자리에 주저앉고 싶었지만, 양쪽에 선 두 주인공이 내 팔을 꼭 붙들었다.

"긴장되죠? 나도 첫 촬영 땐 거의 네 발로 기어다녔어요."

함성 때문에 뒷말은 잘 들리지 않았지만 임세나는 즐기라는 말을 하는 것 같았다. 이곳 예솔고의 모든 사람들이 우리를 보고 있었다. 내가 나라는 걸 그 애들이 알까? 선생님은 나를 알아볼까? 서인하는 지금 무슨 생각을 하고 있을까? 이 상황을 즐기라는 건 말이 안 되는 소리다. 이건 내가 감당할 수 있는 정도가 아니었다. 촬영 지점이 가까워질수록 더 커지는 긴장감이 내 몸을 휘감았다.

"셋이 그림이 괜찮네."

메가폰을 통과한 이 감독의 목소리는 밝기만 했다.

"자, 상황이 복잡하니까 가능하면 얼른 끝냅시다."

우리가 서야 할 출발선을 최조가 알려 주었다. 나는 로봇처럼 시키는 대로 따라가기만 했다. 출발선에 선 순간에는 심장이 터져 버릴 것 같았다.

작년 봄 '우리함께런'이 열린 날에는 몸이 좋지 않다는 핑계로 보건실에 누워 있었다. 보건실 침대에 누워 창 너머에서 들려오는 아이들의 웃음소리와 함성을 그대로 듣고 있었다. 차라리 결석하거나 조퇴하는 편이 좋았을 텐데, 그때의 나는 늘 이도 저도 아니었다. 그런데 지금은 세상이 다 아는 주인공들과 함께 출발선에 서 있었다. 한때 내가 주인공이라 여기던 그 아이들과 그토록 함께하고 싶어 하던 일이었다.

뒤에 선 학생들이 임세나와 강민채를 보고 호들갑을 떨자 최조가 조금만 자제해 달라고 부탁했다.

"레디, 슛!"

카메라가 돌자, 출발을 알리는 신호탄이 울렸다. 눈앞이 캄캄했지만 내 발이 나도 모르게 움직였다. 내 두 발이 옆에 선 사람의 호흡과 함께 당겨지고 풀어졌다. 그러다 내 오른발이 임세나 쪽으로 당겨질 때, 내 왼발이 강민채 쪽으로 당겨졌다. 순간 다리가 벌어지면서 양쪽 두 발이 헛돌았다. 앞으로 고꾸라지려고 하자, 두 사람이 내 팔을 꼭 붙들어 주었다.

이 감독이 컷을 외쳤다. 함께 뛰던 학생들은 컷과 상관없이 각자의 경기를 이어 갔다. 우리 셋은 돌아가서 다음 차례 아이들과 다시 출발선에 섰다.

"자, 제 발이랑 묶인 쪽이 먼저, 다음이 민채 씨 발이랑 묶인 쪽. 이렇게 반복하면 돼요."

임세나가 괜찮으냐며 미소를 지었다. NG가 세 번 더 반복됐다. 그럴수록 운동장에 더 오래 있어야 하니 부담감이 더 커졌다. 나는 머릿속으로 순서를 생각하며 되도록 이 시간을 빨리 끝내야겠다고 마음먹었다.

다섯 번째 슛이 들어가기 전, 한 발짝 뒤에 선 아이들이 소곤대는 소리가 들렸다. 굳이 고개 돌려 확인하지 않아도, 그 목소리의 주인공은 아랑이였다.

"가운데 있는 애, 걔 닮았다."

"누구?"

나은이도 있었다.

"걔, 1학년 때 학교 그만둔 애."

뒤에서 그 아이들의 눈짓이 오가는 기색이 느껴졌다.

"아, 걔? 걔가 여기 왜 있어?"

"그냥 닮았다고"

"근데 걔 이름이 뭐였지?"

진아 목소리도 들렸다. 바로 앞자리에 앉았던 내 이름을 기억하지 못하고 있었다.

"장선혜."

아랑이는 내 이름을 잘못 말했다. 이름이 흐릿해질 만큼 일 년은 그렇게 긴 시간이었을까? 아니면 처음부터 내 이름을 장선혜로 알고 있었을까? 어느 쪽이어도 상관없다. 내가 그 애들에게 딱 요만큼의 존재였다는 사실은 달라지지 않는다.

이 감독의 큐 사인이 떨어졌다. 다섯 번째 테이크, 카메라가 우리 셋을 향했다. 카메라가 비추고 있는 건 나. 나의 오른발, 왼발을 생각했다. 내 몸이 옆에 선 두 사람의 호흡과 함께 규칙적으로 움직였다. 이쪽을 비추는 밝은 조명 때문인지 눈이 부셨다. 아이들의 함성만 귓가에 왕왕 울렸다.

나는 학교를 그만둔 그 애를 닮은 사람도 아니고, 장선혜도 아니다. 그렇다면 난 누구지?

내 이름마저 잊은 그 애들이 우리를 앞질러 달려 나갔다. 뭐가 그렇게 재미있는지 깔깔 웃는 소리가 또렷이 들렸다. 나도 한 번쯤은 저 애들처럼 해 보고 싶었다.

너를 잊고 대본대로 연기를 해.

언제던가 촬영장에서 이 감독이 임세나에게 했던 말이 떠올랐다. 나는 장신혜도 아니고, 장선혜도 아니다. 지금 나는 대본 속 남학생이다.

그때 강민채가 팔짱을 낀 채 손가락으로 내 팔뚝을 꾹 찌르며 신호를 보냈다. 아무것도 고민할 이유가 없었다. 우리에겐 정해진 대본이 있었다. 나는 임세나와 묶인 발을 내 쪽으로 잡아당겼다. 임세나가 중심을 잃고 허우적대자, 기회를 보던 강민채가 내 쪽으로 몸을 쓰러뜨렸다. 나는 그 힘을 그대로 받아서 임세나를 향해 몸을 쓰러뜨렸다. 내 어깨가 허우적거리는 임세나의 왼쪽 뺨에 부딪쳤다. 임세나는 강민채와 나, 두 사람의 힘에 눌려 운동장 바닥에 나동그라졌다. 넘어진 채 아무 말도 못 하고 어쩔 줄 몰라 하는 임세나의 표정을 보니 화가 났다. 아랑이 때문에 넘어져 뒤통수가 찢어진 줄도 몰랐던 내가, 비명조차 지르지 않았던 내가 겹쳐 보였다.

"아, 뭐야? 씨!"

강민채가 대본대로 임세나 탓을 하며 소리를 질렀다. 나는 임세나를 노려보았다. 임세나가 괜찮은 척 자리에서 일어나려 했다. 그러나 발이 묶여 있어 중심을 잡지 못한 임세나는 또 한

번 풀썩 넘어졌다. 나는 임세나를 향해 예정된 두 마디 욕을 내뱉었다.

"오오 - 케이, 커어엇!!"

대본에는 내 어깨와 임세나의 얼굴이 부딪친다는 설정이 없었지만 이 감독의 컷 사인에서는 만족감이 느껴졌다.

"오, 단역이 애드리브도 치고 제법이다. 내가 잘 뽑았네."

이 감독은 카메라에 담긴 결과물이 마음에 드는지 오른손을 위로 빙빙 돌리며 좋아했다.

"세나 씨 괜찮아요?"

넘어진 임세나를 강민채가 일으켜 세웠다. 왼쪽 뺨이 빨갛게 부어 있었다. 임세나 코디가 뛰어와 임세나의 얼굴을 살폈다.

"아니, 어쩜 좋아. 얼굴까지 다치게 할 필요는 없는데……."

코디가 나를 못마땅하다는 듯 힐끔거렸다.

"미, 미안해요."

아무리 촬영 중에 일어난 일이라지만 마음이 불편했다.

"괜찮아요. 마음 쓰지 말아요. 아마 더 좋은 장면이 나왔을 거예요."

임세나가 부은 뺨을 만지며 나를 보고 웃어 줬다.

이제 확실히 깨달았다. 나는 나를 존중하지 않는 애들인 줄 알면서도 곁을 내주려 안간힘을 쓰는 나에게 화가 났었다. 그런 나를 솔직하게 인정하지 않았던 나 자신에게 미안했다. 그 애들과 상관없이, 이 모든 것은 내 이야기였다. 그 애들을 내 이야기의 주인공으로 만들어 버린 사람은 바로 나였다.

임세나가 내 목을 가볍게 끌어안았다. 강민채도 내 등을 따뜻하게 쓸어 주었다. 이 모습을 본 예술고 학생들이 부럽다는 듯 소리를 지르고 여기저기서 휴대폰으로 사진을 찍어 댔다.

"우리도 기념으로 사진 한번 찍을까요?"

임세나가 코디에게서 휴대폰을 건네받았다. 조금 전 촬영 때처럼 나를 가운데에 두고 임세나와 강민채가 양옆에서 팔짱을 꼈다. 임세나가 휴대폰 카메라를 셀카 모드로 바꾸었다.

"자, 스마 – 아아일!"

임세나와 강민채가 환히 웃었다. 임세나는 내게 웃어 보라며 팔짱을 꼭 꼈다. 주변에 있는 아이들이 같이 찍자며 아우성치는 모습이 이 프레임의 배경이 되었다. 내가 어떤 표정을 지어도 두 사람보다 멋지게 나올 순 없을 거다. 그러니 애쓰지 않아도 된다.

"하나, 둘, 셋!"

찰칵!

어차피 가운데에 있는 사람이 주인공이니까.

오전 촬영은 예정된 시간 안에 무사히 끝났다. 한 장면이어도 제법 긴 시간에 걸쳐 촬영하는 경우가 다반사인데, 특수한 상황에서는 없던 힘까지 생기는 모양이었다. 촬영 팀은 화기애애한 분위기 속에서 서로의 수고를 격려해 주었다. 잔뜩 긴장해 있던 최조는 나에게 와서 갑작스러운 캐스팅에도 당황하지 않고 잘해 줬다며 악수를 청했다.

하지만 나는 내가 어떻게 했는지 곱씹어 볼 겨를도 없이 서인하부터 찾아다녔다. 우선 엑스트라 대기 구역으로 가 보았지만 서인하는 없었다. 점심시간 이후에는 철수해야 하는 상황이라 간단한 간식 꾸러미가 제공됐는데, 딱 두 개가 남아 있었다. 하나는 내 것이고, 하나는…….

"미래 대배우, 아까 촬영2팀이랑 교실 촬영 갔는데 혼자만 아직 안 오네."

그 말을 듣고 나는 신관으로 무작정 뛰어갔다. 신관 교실 촬영장에서는 스태프 몇 명이 촬영 장비를 정리하고 있었다.

"여기 촬영 다 끝났어요?"

"네."

"언제요?"

스태프들은 바쁘다는 듯 더는 대꾸하지 않았다. 나는 서인하에게 전화를 걸었다. 휴대폰이 꺼져 있다는 응답만 돌아왔다. 문자 메시지 창을 열었다. 하지만 무슨 말을 해야 할지 떠오르지 않았다. 손가락이 휴대폰 위에서 주춤거렸다.

– 어디야?

짧은 한마디를 겨우 보내고 신관 밖으로 나왔다. 아이들이 신관 근처 여기저기에서 같은 팀끼리 도시락을 먹거나 왁자지껄 떠들며 쉬고 있었다. 개중에 한두 명이 나를 가리키며 수군댔다.

"맞지, 맞지? 아까 임세나랑 같이 촬영한 사람?"

신인 배우인데 평범하게 생겼다는 둥, 배우가 혼자 다닌다는 둥 나에게 하는 말들이 희미하게 들렸다. 그런 시선이 달갑지 않아 신관을 벗어나려는데, 나은이와 아랑이가 팔짱을 끼고 신관 쪽으로 오고 있었다.

나는 어떡해야 좋을지 몰라 다시 신관으로 들어갔다. 촬영팀 쪽에 섞여 있을까 하다 여성 화장실 맨 끝 칸에 들어가 조용히 문을 잠갔다. 몇 초가 흘렀을까, 촬영 때문에 아직 예솔고 학생들은 사용할 수 없는 여성 화장실로 누가 들어왔다. 나은이와 아랑이였다.

"진짜? 너도 나랑 같은 생각인 줄 몰랐어."

"솔직히 웃기잖아. 어딜 가나 튀고 싶어 안달이라 불쌍해서 몇 번 받아 줬을 뿐인데, 진짜 튀는 줄 아는 거."

"오늘도 꼭 자기가 가운데 서려고 하는 거 봐라."

나은이와 아랑이가 언제부터 저렇게 뜻이 잘 맞았는지 모르겠지만, 지금 진아 얘기를 하는 거라면 놀랄 일이었다. 조금이라도 진아와 더 가까워지려고 견제하고 비난하던 애들이었다. 내가 머리를 다친 것도 서로 자기가 진아랑 머리띠 싸움을 하겠다고 해서 벌어진 일이었다.

"내가 걔 비밀 하나 말해 줄까?"

"뭔데, 뭔데? 빨리 말해 봐."

"작년에 잭샵에서 직접 홍보해 달라고 한 게 아니라, 진아 걔가 직접 체험단 신청을 해서 당첨된 거야. 체험단에게 준 키트랑 걔가 처음에 갖고 있던 게 똑같더라고. 내가 뷰티 인플루언서한테 디엠 보내서 물어봤는데, 홍보해 달라고 무상으로 받은 키트랑 구성 자체가 다르더라고. 알고 보니 구성 맞추려고 내돈내산 한 거 있지."

"아, 진짜?"

아랑이의 대답이 화장실 안에 웅웅 울렸다.

"야, 조용히 해."

"됐어. 누가 듣는다고. 아무튼 진짜 대박이다. 그래 놓고 인플루언서인 척한 거잖아."

"솔직히 은근 평범한 얼굴 아니니? 오늘 임세나 보니까, 걔는

기 비교한다고 사진 찍고 포샵한 거 봤어?"

"봤지. 임세나 얼굴 완전 소멸 직전이던데, 비교할 걸 해야지."

둘은 한바탕 진아 험담을 쏟아 냈다.

"아, 어디냐고 문자 왔어."

"혼자 못 있냐. 꼭 누구 데리고 있으려고 하는 것도 짜증 나."

진아가 저 둘에게 험담의 대상이 될 수도 있다는 사실보다 둘이 함께 웃을 수도 있는 관계였다는 점이 더 놀라웠다.

어떤 이유로 함께가 되고 또 어떤 이유로 서로 욕을 하며 멀어진다. 모든 관계가 영원할 수 없다는 건 알지만 학교라는 공간 안에서 맺어지는 관계에는 유독 이해할 수 없는 일이 많았다. 그건 우리가 모두 같은 대본을 받기 때문이다. 작년에 담임은 우리에게는 저마다 다른 시공간 좌표계가 있다고 했지만 학교에서만은 예외다. 모두 주인공이 되고 싶어 하니까. 나도 그랬고, 저 애들도 그럴 뿐이다. 어쩌면 진아마저도.

"조용히 해. 그러다 누가 들으면 어쩌하려고."

아랑이는 눈치가 빨랐다. 잠시 침묵이 흐르더니 발걸음 소리가 내 쪽으로 천천히 다가왔다.

"저 칸만 문이 닫힌 것 같은데?"

"꺅! 아랑아, 가서 열어 봐."

아랑이가 점점 다가오고 있었다. 이 앞까지 온다면 안에 누가 있다는 걸 알게 될 터였다. 그렇다면 방법은 하나였다. 이것 또한 연기라고 생각하면 그만이다.

나는 변기 물을 내린 뒤 화장실 문을 벌컥 열었다.

"아우, 씨! 깜짝이야!"

아랑이가 화들짝 놀라 뒷걸음질 쳤다. 나는 쇼트커트 가발을 매만지며 화장실 출입문 쪽으로 향했다.

"안에 있으면서 없는 척하고 뭐야!"

아랑이는 놀란 자신이 민망했는지 들으라는 듯 기분 나쁜 투로 쏘아 댔다.

"야, 아까 임세나랑 같이 촬영한 걔 아냐?"

저 애들에게 '나'는 분명 모르는 사람일 텐데, 나를 '걔'라고 지칭했다. 나는 '장선혜'에서 '걔'가 됐다. 저 애들에게 내가 아무 존재가 아니듯, 저 애들도 이제 나에게는 아무 의미도 없다.

학교 다닐 때는 왜 몰랐을까? 아니다. 알면서도 내가 모르는 척했을 뿐이다. 우리는 저마다 다른 곳에 서 있는데, 나는 그 아이들이 서 있는 곳에 가려고 했다. 그곳이 편하지도 않으면서. 그러는 나를 내가 또 모른 척했을 뿐이다. 만약에 다시 학교로 돌아간다면 나는 어떤 선택을 할 수 있을지 생각해 봤다.

"그럼 됐어. 우리 학교 애 아니니까 상관없잖아."

아랑이 말을 뒤로하고 나는 신관 밖으로 나왔다. 촬영 팀은 이제 예솔고에서 철수하는 중이었다. 임세나가 탄 커다란 밴이 막 교정을 빠져나가고 있었다. 운동장에서 도시락을 먹고 있던 학생들이 떼 지어 달려가자, 임세나는 차창을 열고 손을 흔들어 주었다. 밴과 함께 오늘의 주인공이었던 임세나도 떠났다.

아쉬워하던 학생들은 금세 일상으로 돌아갔다. 친한 친구들끼리 모여 웃고 떠들고, 블루투스 스피커를 켜 놓고 춤을 추기도 했다. 함께 셀카를 찍거나 서너 명씩 팔짱을 끼고 교정을 산책하는 무리도 있었다.

주인공이 떠난 이곳에 누가 남아 있나를 생각했다. 한여름으로 달려가는 텁텁한 공기 속에는 이 공간을 채운 예솔고 학생들의 땀 냄새가 섞여 있었다. 그리고 꼭 있어야 할 서인하에게선 아무런 연락이 없었다.

어글리, 하지만

오전의 뜨거웠던 촬영 열기는 오후에 열리는 2인3각 경기의 응원으로 옮아가고 있었다. 예술고 촬영 일정은 오늘로 끝났다. 그런데 나는 어쩐지 쉽게 발길이 떨어지지 않았다. 무슨 볼일이 더 남은 사람처럼 자꾸만 운동장을 들여다보게 됐다. 처음에 느꼈던 부담감은 사라지고 시원섭섭한 감정이 밀려왔다.

학교 안의 엑스트라가 되기 싫어 학교 밖으로 나온 나는 진짜 엑스트라가 되어 학교로 돌아왔다. 내 선택의 옳고 그름을 이야기하고 싶진 않았다. 누구건 그때 최선이라고 생각하는 일을 할 뿐이다. 그럴 수밖에 없다. 어른들은 내 선택이 잘못되었다고 말했었다. 담임 선생님, 세탁소에 오던 어른들, 엄마 아빠도 나에게 미처 하지 못한 말이 있었을 거다. 그렇지만 어떤 선택이든 결과는 따라오게 마련이고, 나는 그 결과를 받아들이는 과정을 조금은 이해할 수 있었다. 학교 밖으로 나왔기 때문에 알게 된 것이었다. 이제 비로소 나만의 좌표계를 좋아할 수 있을 것 같았다.

체육복을 벗고 사복으로 갈아입을까 하다 그마저도 관두었다. 여전히 예술고 학생이고 싶어서가 아니라 이 옷을 입어도 이제 아무렇지 않다는 걸 그 누구보다 나 자신에게 확인시켜 주고 싶었다.

정문 쪽으로 나가려다가 누가 외치는 소리에 저절로 뒤를 돌아보게 됐다.

"기호연! 너 팀 없으면 이쪽으로 따라와."

3학년 선배 봉사단이 아직도 팀을 만들지 못한 아이들을 찾아다니다가 홀로 남은 호연이를 발견했나 보다. 오전에는 다인 다각 경기를 하고 오후에 2인3각 경기를 따로 하는 이유는 한 명에게 오롯이 한 명의 친구를 만들어 주기 위해서였다.

학교, 사회, 인생이라는 이 트랙 위에서 너는 혼자가 아니라는 말을 입학식 때 들었다. 아무것도 모르는 소리라고 생각했었다. 혼자가 둘이 되는 걸 쉽게 생각하는 가벼운 응원은 잔인했다. 꿈에서라도 결코 혼자가 되어 본 적이 없는 사람이 만든 말이 분명했다.

한쪽 가장자리에서 호연이가 쭈뼛거리며 모습을 드러냈다. 작년에 호연이는 성진영과 2인3각 경기를 했고, 성진영과 팀을 이루기 전에 나에게 셋이서 같이 하자고 제안했었다. 나는 성진 영도 싫고 호연이도 싫어서 아프다는 핑계로 보건실에 누워 있었다.

나도 모르게 호연이 뒤를 따라갔다. 팀을 만들지 못한 열외 그룹은 호연이까지 3명이었다. 2명은 남학생이었는데, 그 둘은 같은 성별이라는 이유로 금방 팀이 되었다. 호연이는 여기서도 혼자 남았다. 봉사단 언니는 한 명 더 찾아보겠다며 아이들이 모여 있는 쪽으로 달려갔다. 담담하려는 모습이, 호연이가 온 힘을 다해 하는 노력이라는 것이 보였다. 이대로 그냥 교문을 나가면 되는데 왠지 마음대로 되지 않았다.

오늘이 지나면 이제 학교에 올 수 없다. 이 학교 안에서 나라 는 존재가 있다는 걸 알아준 사람이 한 명 있었다. 그리고 학교 밖에서 내가 하고 싶은 말이 무척 많은 애라는 걸 알아봐 준 한 명이 있었다. 그러니까 내가 온전히 혼자라고 생각했던 순간에 도 혼자인 적은 없었던 셈이다.

'그런데 나는 누구 옆에 있어 주었지?'

내 옆은 지금 비어 있었다. 누구 눈치도 보지 않고 아무렇지 않게 곁을 내줄 준비가 되어 있었다. 아직 늦지 않았다면 용기를 내고 싶었다.

호연이 쪽으로 발을 떼려고 머뭇거리는 순간, 봉사단 언니가 내 팔을 잡았다.

"너 아직 짝 못 찾았지? 나 따라와."

나는 대꾸할 겨를도 없이 선배 손에 이끌려 호연이 옆에 세워졌다.

호연이가 놀란 얼굴로 나를 바라보았다. 쇼트커트 가발을 쓴 나를 알아볼 수 있을까.

"신혜야."

이 학교에서 내 이름을 잊지 않은 한 사람, 바로 호연이가 내 이름을 불렀다.

"너, 아직 안 갔어?"

"어."

당황한 나머지 호연이 얼굴을 똑바로 쳐다볼 수 없었지만, 나는 분명 하고 싶은 말이 있었다.

"우리 같이 뛸까?"

호연이는 거의 울 것 같은 얼굴이 되었다.

"나, 학교에서는 너 아는 척 안 하겠다고, 안 한다고……. 그랬잖아."

뚝, 뚝, 호연이 눈에서 기어이 눈물이 흘러내렸다. 왜 그렇게 밀어냈는지 그때의 이유들이 흐릿해졌다. 상처를 준 사람은 쉽게 잊는다. 어떻게 하면 미안하다는 말을 가볍게 건네지 않을 수 있을까. 방법은 하나, 정직하게 말해야 한다. 가장 단순하고 선명한 방법으로.

"미안해."

그러자 눈물로 얼룩진 호연이 얼굴에 더 커다란 눈물방울이 흘렀다.

나는 가발을 벗고 가방에서 서인하가 준 뿔테 안경을 꺼내 썼다. 우연인지, 호연이의 뿔테 안경과 같은 검은색이었다. 미리 계획한 것처럼 우리는 한 팀의 모습을 갖추었다. 나는 우리 둘의 발목을 묶었다. 팀을 만든 남학생들이 진행 봉사단에게 출발 신호를 울려 달라고 했다. 모든 경기는 기록을 잰다.

"묶인 발부터 뛰는 거다. 알았지?"

호연이가 눈물을 닦고 고개를 끄덕였다. 진행 봉사단에서 출발 신호를 울리자, 남학생들이 기다렸다는 듯 뛰어나갔다. 우리도 질 수 없어 출발선 너머로 발을 내디뎠다. 하나 둘, 하나 둘, 미리 약속하지도 않았는데 똑같이 구령을 외쳤다.

"아까 나 촬영하는 거 봤어?"

"응. 너인 줄 알았어."

"멀리서도 그렇게 잘 보여?"

"너 서 있을 때, 오른발이 살짝 팔자로 벌어지잖아."

나도 몰랐던 습관이었다. 누가 나를 전체적으로 봐 주어야 알 수 있는 내 모습이었다. 어쩌면 호연이는 나에 관해서 더 많은 걸 알고 있을지도 모른다.

"하아, 그나저나 재학생이 아닌데 뛰었다고 뭐라 그러진 않겠지?"

호연이는 조금씩 숨이 차는 것 같았다. 나도 마찬가지였지만 기분 좋은 숨 가쁨이었다.

"괜찮아. 아무도 우리한테 관심 없을걸."

서인하가 내게 했던 말이다. 이 말을 듣고 내 마음이 가벼워졌던 것처럼 호연이도 그래 주길 바랐다. 내가 예솔고 학생이 되어 뛰는 모습을 서인하가 봤다면 나한테 뭐라고 했을까? 아마 진심으로 즐거워하면서 자기도 같이 뛰겠다고 했을지 모른다.

오늘 있었던 많은 일들이 아직도 실감 나지 않았다. 서인하 일도, 촬영도, 그 애들의 속마음도, 또 지금 나와 함께 달리는 호연이도. 영화 속 주인공이라면 이럴 때 어떻게 할까?

'아마 작가나 감독이 시키는 대로 하겠지.'

그렇지만 나는 영화 속 주인공이 아니다. 나는 이 시공간을 나 스스로 통과해 나아가야 한다. 부족하고 엉망이어도 내 걸음으로 갈 수밖에 없다. 나를 외롭게 하지 않을 방법도 이제 조금은 알 것 같다. 함께 묶인 우리의 발이 점점 더 가벼워지는 걸 느꼈다.

우리 둘의 발이 서로 묶인 것도 아닌데, 함께 향한 곳은 어글리와플 가게였다. 나는 통유리 창문 가운데 자리에 앉아 초코파우더 와플과 망고주스를 먹고 싶었다. 내 다이어리에 적힌 '쓸데없는 버킷 리스트' 중 3번이었다. 다행히 자리가 비어 있었다.

"신혜야, 너 뭐 먹고 싶어?"

호연이가 '친구'처럼 물어봤다. '친구와 함께 어글리와플에 간다'는 버킷 리스트 2번이었다. 하나를 완성해야 그다음을 완성할 수 있는 버킷 리스트였다. 당연히 1번은 '친구 한 명을 사귄다'였다.

"초코파우더 와플이랑 망고주스."

"나도 망고주스 좋아하는데."

호연이가 가방에서 지갑을 꺼냈다.

"알바 하니까 내가 낼게."

나도 지갑을 꺼냈다. 용돈을 받아도 쓸 데가 없어서 지갑이 언제나 두둑했다.

"아냐. 지난번에 내가 산다고 그랬잖아."

"넌 뭐든 말한 건 지키려고 하는구나?"

내가 묻자 호연이가 멋쩍게 웃었다.

서로 자기가 내겠다고 하니 달리 방법이 없었다. 서로 자주 만나는 친구라면 이럴 때 어떻게 할까? 서인하는 나더러 다음에 떡볶이를 사라고 했다. 그 약속을 지켜야 친구가 되는 거라고 했다.

"그럼 오늘은 네가 내. 다음엔 내가 살게."

다음에, 호연이가 내 말을 되뇌고는 카운터로 가서 주문을 했다.

잠시 뒤, 초코파우더가 아무렇게나 뿌려지고 초코 청크 아이스크림이 아무렇게나 얹힌 울퉁불퉁한 와플이 하얀 접시에 담겨 테이블 위에 올라왔다. 그 옆에 놓인 노란빛 망고주스가 잘 어울렸다. 트레이 위에는 손잡이가 울퉁불퉁한 은색 포크와 나이프가 함께 제공됐다.

"사람들은 이걸 왜 예쁘다고 할까?"

내 말에 호연이가 빙긋 웃었다.

"진짜 예쁘잖아."

호연이 말이 맞는다. 이건 완벽한 데코다. 되는대로 세팅한 것 같지만 결코 되는대로 한 게 아니다.

"너랑 성진영이랑 여기 온 거 본 적 있어."

호연이가 물끄러미 나를 쳐다봤다.

"성진영이 여기 와 보고 싶다고 해서. 너도 알잖아. 나 천사인 거."

쑥스럽게 웃는 호연이 얼굴에 복잡한 심경이 드러났다.

"너한텐 항상 미안했어. 그래서 너에게 뭐라고 말을 해야 할지 솔직히 아직도 잘 모르겠어."

내 말을 듣는 호연이의 눈가가 금세 붉어졌다.

"나도 마찬가지야. 싫다는 너를 왜 자꾸 귀찮게 했는지. 아마 너한텐 내가 하고 싶은 대로 하고 싶었나 봐. 천사 그런 거 말고."

지금에야 호연이의 진심을 듣게 됐다. 학교에 계속 남아 있었어도 이런 순간을 마주할 수 있었을까? 하지만 난 그런 과거의 가정법은 생각하지 않기로 했다. 우리에게는 미래의 가정법이 더 필요하다.

"네가 학교까지 그만둘 줄은 몰랐어. 너 그만두고 나서 나도 그만두려고 했는데."

"왜? 학교가 지옥 같아서?"

호연이가 보낸 문자 메시지의 의미가 늘 궁금했었다.

"응. 넌 싫었겠지만, 난 학교에 네가 있어서 버텼거든. 너랑 되게 친구가 되고 싶었나 봐. 근데 나도 친구 만드는 법을 잘 몰랐던 것 같아."

왜 우리 둘의 마음이 다르지 않다는 걸 이제야 깨달았을까? 나는 접시에 담긴 어글리와플을 바라보았다.

"근데 용기가 없어서 학교를 그만두지 못했어."

"난 용기가 없어서 그만둔 거야. 네가 용감한 거지."

"학교가 아니면 내가 갈 데가 없다고 생각했거든. 근데 본관 뒤에서 너를 본 날 말이야, 학교가 아니어도 갈 곳을 찾은 네가 부러웠어. 네가 선택하고 결정한 일이잖아. 그건 아무나 할 수 있는 일이 아니라고 생각해."

와플을 잘라 입에 넣었다. 진한 초코파우더와 차가운 초코청 크 아이스크림 그리고 따뜻한 와플 조각이 입 안에서 맛있게 녹 아내렸다.

"근데 연기할 생각은 어떻게 한 거야?"

호연이의 질문에 답을 찾고 싶었다. 어디서부터 말을 해야 할지 가늠이 되지 않았다. 하지만 중요한 건 하나, 지난 일 년의 시간을 언제 어디서든 이야기할 수 있는 앞으로의 시간이 우리 에게 있다는 것이다.

"친구랑 여기에 오는 게 내 버킷 리스트 중 하나였어."

"친구? 그럼 이루어진 거야?"

"응."

내 대답에 호연이가 밝게 웃었다.

"나도 꼭 해 보고 싶은 버킷 리스트가 있는데……."

호연이가 내 눈치를 보며 말끝을 흐렸다.

"뭔데?"

이튿날 아침, 6시 30분에 일어나 주방으로 갔다. 엄마는 오늘도 아침밥을 준비하고 있었다. 촬영도 없는 날인데 일찌감치 일어난 나를 엄마가 무슨 일이냐는 듯 쳐다보았다.

"이제 아침형 인간 되려고?"

"아니. 밥 먹고 학교 가려고."

"뭐? 학교 촬영은 다 끝났다며."

"아직 남은 일이 있어서."

엄마는 촬영이 남았느냐며 밥과 국, 반찬 몇 가지를 바로 차려 주었다.

학교 다닐 때는 엄마가 나를 위해 준비한 따뜻하고 맛있는 밥을 제대로 느끼지 못했다. 밥을 먹고 나면 학교에 가야 하니까 안 좋은 기분이 연결되어 있었다. 그러나 오늘은 아니다. 맛있게 한 그릇을 다 비웠다. 그러고는 방에 들어가 장롱을 열고 가지런히 걸려 있는 내 교복을 꺼냈다. 거의 일 년 만인데 교복은 아직도 내 몸에 잘 맞았다. 작년에 멨던 가방을 챙겨 1층으로 내려갔다.

"신혜야, 도대체 무슨 일이야?"

엄마가 걱정스러운 얼굴로 물었다.

"오전에 잠깐 일일 학생 역을 해야 해서. 후딱 갔다 와서 자세히 말해 줄게."

나는 마음이 급해서 운동화를 구겨 신고 버스 정류장 쪽으로 뛰었다. 잠깐 뒤돌아보니 엄마가 신혜세탁이라고 쓰인 출입문 앞에 나와 손을 흔들고 있었다. 등교하는 학생 역에 딱 맞는 대본이었다.

약속한 시간에 늦을 수 없어 정류장까지 열심히 뛰어갔다. 버스 정류장 벤치에 호연이가 앉아 있었다. 나와 똑같은 교복을 입은 호연이가 나를 보고 손을 흔들었다.

"신혜야, 뛰지 말고 천천히 와."

"거봐. 내가 10분 늦게 만나도 된다고 했잖아."

어디에서나 볼 수 있는 아침 등교 풍경이었다. 호연이의 첫 번째 버킷 리스트는 아침 등굣길에 친구와 버스 정류장에서 만나 학교에 같이 가는 것이었다. 아주 단순하고 선명한 소망이었다.

보이지 않아도 있는 것

며칠째 서인하와 연락이 닿지 않았다. 휴대폰은 계속 꺼져 있었고, 서인하가 자신과 세상을 적극적으로 연결하던 여러 채널도 비공개로 바뀌어 있었다. 알아보니 예솔고 촬영 이후 잡혀 있던 역할도 모두 취소한 상태였다. 비공개로 텅 비어 버린 서인하의 채널들을 마주하노라면 내 마음은 불안하고 복잡하기만 했다.

게다가 마음을 써야 하는 일이 또 있었다. 임세나가 개인 SNS에 강민채랑 나랑 셋이 찍은 사진을 올렸기 때문이었다. 대한민국에서 팔로워 수로 열 손가락 안에 든다는 임세나의 SNS에는 '좋아요'와 댓글이 넘쳤고, 가운데에 서 있는 '나'를 궁금해하는 사람도 많아졌다.

- 성진영이 널 알아본 것 같아. 학교에 소문을 냈더라고.

호연이가 보내온 메시지에 성진영의 SNS 화면 캡처가 함께 전송됐다. 성진영의 SNS를 시작으로 몇 년째 무미건조하던 내 SNS 계정에 불이 붙기 시작했다. 내가 올린 게시물에 시도 때도 없이 알림 음이 울렸고, 엄청난 양의 디엠이 도착했다. 대부분 임세나에 관한 질문이나 질투, 시기, 영화 상영 일정에 대한 질문이었다. 놀라운 건 진아와 나은이, 아랑이도 내 SNS에 '좋아요'를 눌렀다는 사실이었다. 그토록 바라던 일들이 일어나고 있었다.

그렇지만 내 SNS에 내가 없기는 마찬가지였다. 예전에 올린 게시물도 그저 남에게 괜찮은 '나'를 보여 주기 위해 올린 것뿐이었다. 나를 부끄러워 했던 나와 또다시 마주할 뿐이었다.

- 장선혜, 나 임아랑♬

휴대폰에 떠오른 이름 두 개를 보고 조금 놀랐다.
"휴대폰에서 뭐가 그렇게 온종일 울려?"
다림질하던 아빠가 내게 넌지시 물었다.
"나한테 오는 거 아니야."

나는 메시지를 삭제했다.

"네 휴대폰에서 울리는데 왜 아니라고 그래?"

엄마는 좀처럼 울리지 않던 내 휴대폰을 궁금하다는 듯 바라보았다.

"아니라니까."

나도 SNS를 비공개로 전환했다. 골치 아픈 관심에서 완벽하게 벗어났다.

저녁에 아빠가 배달할 세탁물을 같이 정리했다. 아빠가 배달하러 나간 뒤에 엄마랑 저녁상을 같이 차렸다. 엄마는 잔치국수에 넣을 육수를 만들고, 나는 고명으로 올릴 채소를 썰었다.

"영화는 언제 개봉해?"

"내년 봄이래. 근데 극장용이 아니라 넷플릭스에 올라오는 거야."

"그래? 극장에서 봤으면 했는데 아쉽네."

"극장이든 아니든 다 똑같은데, 뭐."

"얘는, 어떻게 그게 똑같아. 우리 딸 얼굴을 언제 그렇게 크게 보겠어."

엄마는 늘 내 편, 언제나 내 단짝이다.

"그 친구하고는 또 언제 만나기로 했어? 나중에 우리 집에도 놀러 오라고 해."

나도 서인하를 만나고 싶었다. 미안한 내 마음을 어떻게 전해야 할지 하루에도 몇 번씩 머릿속으로 생각했다. 선명한 답을 찾지는 못했지만 만나지 못하는 시간이 점점 길어지니까 불안했다.

"네 방에서 휴대폰 울리는 것 같은데?"

엄마가 육수를 면포에 거르며 말했다. 나는 내 방으로 뛰어들어갔다. 서인하인가 했는데, 엑스트라 관리 업체였다.

"내일 야간 촬영 가능해요? 비 오는 신인데 더 하겠다는 사람이 없네."

야간에 비 오는 장면이라면 나도 썩 내키지는 않았다.

"한 명은 섭외가 돼서 한 명만 더 나오면 되거든요."

대배우는 물불 안 가리지.

전에 서인하가 나에게 한 말이 떠올랐다.

"내일 하겠다는 사람은 누구예요?"

가슴이 두근거렸다.

벌써 NG만 여섯 번째였다. 덕분에 평생 맞아야 할 비의 몇 배를 한 시간도 넘게 맞고 있었다.

"오늘 촬영 힘들다고 긴장감 바짝 챙겨 오라고 했는데, 왜 이렇게 맥이 풀렸어?"

이 감독은 앵글 밖에서 파란 우비를 뒤집어쓰고 있었다. 임세나는 앵글 안에서 온몸이 비에 젖어 늘어진 빨래처럼 서 있었다. 몇 시간째 인공 비를 맞고 있으니, 있던 체력도 바닥나는 게 당연했다. 하지만 체력이 바닥난 사람은 임세나만이 아니었다. 행인 1 역을 맡은 서인하도 그래 보였다. 임세나 뒤로 지나가는 행인 1 서인하, 행인 2 나. 우리도 똑같은 양의 비를 맞아야 했다.

서인하는 내 옆에 서서 감독의 큐 사인을 기다렸다. 손이 닿지 않아도 서인하의 몸이 점점 더 떨린다는 걸 알 수 있었다.

우리는 엑스트라 대기 구역에서 며칠 만에 얼굴을 마주했다. 내가 나올 줄 몰랐던 서인하는 나를 보고 놀라더니 이내 고개를 돌렸다. 나도 섣불리 다가갈 수 없어 서인하 주위에서 맴돌기만 했다. 서인하를 만나면 무슨 말을 해야 할지 말 한마디를 여태껏 준비하지 못했다. 더구나 오랜만에 마주한 서인하의 표정이 예전 그 분위기가 아니어서 가벼운 인사조차 쉽사리 꺼낼 수 없었다. 그저 얼굴을 볼 수 있어 다행이었다.

"자, 임세나 오열한다. 주저앉으면 행인 둘 지나간다. 오케이, 갑시다. 레디 액션!"

임세나가 비를 맞으며 흐느꼈다. 살수차 호스가 공중에서 물줄기를 세차게 뿜어냈다. 임세나는 흐느끼며 주저앉았다. 최조가 우리에게 지나가라는 사인을 보냈다.

서인하와 나는 발걸음을 맞추며 약속된 길을 따라 걸었다. 거센 빗줄기에 눈도 제대로 뜨기 힘들었다. 옆에서 걷던 서인하의 몸이 살짝 휘청거렸다.

"컷! 컷!"

이 감독의 날카로운 고함과 함께 비도 뚝 멈춰 버렸다. 이 감독은 임세나를 향해 성큼성큼 걸어갔다. 그러고는 임세나를 향해 무슨 말을 하는 듯 했다. 커다란 우비 모자에 가려 이 감독의 표정은 알 수 없었지만, 임세나는 풀이 죽은 듯 아무 말도 하지 않고 듣고만 있었다. 이야기가 길어지고 있었다.

서인하는 내 옆으로 서너 걸음 떨어진 곳에서 두 팔을 감싼 채 떨고 있었다. 나는 서인하에게 가까이 다가갔다.

"괜찮아?"

이 말엔 여러 의미가 담겨 있었다. 그러면서도 참 별 볼일 없는 말이었다. 서인하가 아무 말 없이 고개만 끄덕였다.

우리 사이가 어색해지지 않았다면 지금 이 순간 서인하가 나에게 어떤 말을 했을지 생각했다. 물에 빠진 생쥐 꼴이 되어 있어도 서인하는 배우답게 생각하고 행동했을 거다. 그리고 그 방법을 내게도 분명히 말해 줬을 거다.

나는 얼굴에 묻은 물을 손으로 닦아 내고, 머리칼을 손으로 꾹꾹 눌러 물기를 뺐다. 옷의 물기를 짜내고 손으로 털어 옷매무 새를 정리했다. 머리도 다시 단정히 묶었다.

"어때? 나 괜찮아?"

서인하가 말없이 나를 바라보았다.

"너도 얼굴 좀 닦아. 옷도 좀 정리하고."

서인하는 입술이 새파랬다. 몸을 아까보다 더 많이 떨고 있 었다.

"소, 소용없는 짓이야."

오랜만에 듣는 그 애의 목소리도 떨렸다.

"왜? 관객에 대한 예의를 지켜야지."

서인하에게 들은 말이었다. 언제 어디서나 최선을 다해 자기 자리를 채우던 서인하, 그 안에 있는 서정배를 볼 때마다 나는 늘 기분이 좋았다.

"어차피 안 보여. 너도 애쓰지 마."

그런데 지금 서인하는 자꾸만 자기가 아닌 말을 했다. 그러 면서 헛구역질이 올라오는지 욱욱 소리를 내며 가슴을 쳤다. 나 는 서인하의 등을 두드려 주었다.

"괜찮아? 토하고 싶으면 토해."

서인하가 숙였던 고개를 들어 나를 쳐다봤다. 흰자위가 충혈 되어 있었다. 못 본 사이에 얼굴이 더 야위었다.

"너, 혹시?"

서인하가 내 얼굴을 뚫어지게 응시했다.

"한강에서 마라톤 찍을 때, 그 사람이 너야?"

나는 고개를 끄덕였다.

"이제 알아보는 거야?"

"하아……."

"그때 내가 캔 커피까지 몰래 가져다줬는데 고맙다는 말도 없이 가 버리더라. 언제 알아보나 했는데 이제야 알아보는 거야?"

서인하는 뭐라고 대답해야 할지 몰라 하는 것 같았다. 나는 서두르고 싶지 않았다. 우리에겐 이야기 나눌 시간이 앞으로도 많이 남아 있을 테니까.

그때 이 감독이 다시 촬영 시작을 알렸다. 우리는 할 말을 남겨 놓고 다시 지정된 곳에 나란히 섰다.

"자, 임세나 씨 준비하고, 거기 행인 둘! 자연스럽게 있는 듯 없는 듯 지나간다. 알죠?"

캄캄한 밤, 어두운 조명이 한곳을 향해 켜지고 이 감독의 큐 사인이 떨어졌다. 임세나는 흐느껴 울기 시작했다. 어깨가 툭 떨어지는 순간, 최조의 사인에 맞춰 우리 둘은 나란히 걸었다. 속눈썹 위로 무겁게 떨어지는 물줄기에 눈을 제대로 뜰 수 없었다.

추워서 이가 딱딱 부딪쳤다. 서인하는 밭은 숨을 내뱉으며 떨리는 어깨를 어쩌지 못하고 있었다.

손을 잡아 줘야 할 때를 생각했다. 기가 막힌 타이밍까지는 아니어도 내 시계가 너의 시계보다 너무 늦어서는 안 된다고 생각했다. 호연이에게는 너무 늦게 손을 내밀었지만, 서인하에게는 그러고 싶지 않았다. 후회하지 않을 선택, 나는 손을 뻗어 서인하의 손을 잡았다. 서인하가 놀라며 곁눈질로 나를 보는 듯했다. 대본에 행인 1, 2가 손을 잡고 걷는다는 지문 따위는 없었다. 있는 듯 없는 듯 지나간다는 설정만 있었다.

서인하가 잡힌 손을 빼려고 했다. 하지만 나는 더 지그시 그 애의 손을 붙들었다. 신관에서 촬영하던 날 휴식 시간에 내 자리로 살며시 찾아와 준 것처럼, 도시락 같이 먹자고 나를 찾아봐 준 것처럼, 자연스럽고 아주 사소하게.

"괜찮아. 어차피 안 보여."

내가 소곤거렸다.

내 손바닥 안에서 방향을 잃은 서인하의 손이 움직임을 멈췄다. 우리는 주인공 임세나의 보이지 않는 배경이 되어 있는 듯 없는 듯 정해진 동선을 걸어갔다. 맞잡은 두 손 안에 고인 서로의 작은 온기를 품고서.

"컷! 오케이!"

임세나는 더는 버틸 수 없다는 듯 그대로 쓰러졌고, 스태프들이 기다렸다는 듯 두툼한 수건을 들고 임세나에게 달려갔다. 카메라가 꺼지고 배경도 사라졌지만 주인공은 여전히 주인공이었다. 엑스트라 행인 1, 2인 서인하와 나는 손을 잡고 앵글 밖으로 걸어 나왔다.

서인하와 나는 셔틀버스를 타고 서울역 앞에서 함께 내렸다. 촬영을 마친 뒤로 별다른 이야기를 나누지 않고 서인하가 타는 버스 정류장까지 함께 걸었다.

무슨 말을 해야 할지 마음속으로 고민하고 있을 때, 서인하가 발걸음을 멈췄다.

"미안해."

뜻밖의 말이었다. 서인하가 내게 미안할 일은 전혀 없는데 이 말에 내가 오래 생각한 말들이 머릿속에 뒤엉키고 말았다.

"미안해. 나 때문에 너 신경 많이 쓰였지."

오히려 나에게 미안하다고 말하는 서인하의 마음을 쉽게 헤아릴 수 없었다.

"무슨 소리야. 세상이 얼마나 복잡한데 미안하다는 말을 그렇게 쉽게 해."

서인하는 자기가 내게 한 말을 기억했는지 피식 웃었다.

"내가 너한테 온 기회를 빼앗은 셈이잖아. 내가 그날 안 갔으면 좋았을걸 하고 후회했었어."

"네가 뺏은 게 아니라 너에게 온 거야, 그 기회가."

얼마나 곱씹어야 저런 말을 할 수 있는 걸까?

"그러니까 이번에도 네 잘못은 아니야."

얼마나 속상했을지 알기 때문에 서인하의 어른스러운 대답이 내 마음을 더 무겁게 했다.

"아, 아니. 아니야. 이건 다 서인하가 되고 싶은 내가 하는 말이고. 그냥 나도 밉고 너도 미웠어. 그게 내 솔직한 마음이야."

서인하가 갑자기 내게서 등을 획 돌렸다.

"그래서 너한테 미안해."

서인하의 등이 가느다랗게 떨렸다.

"그날 이 감독이 널 캐스팅했을 때, 차마 미련을 버리지 못하고 이 감독 앞에 서 있었거든. 계속 이 감독하고 눈을 마주치려고 애쓰는 나를 견디기가 너무 힘들더라고. 그 사람은 이미 내가 안중에도 없는데."

솔직한 서인하가 좋았다. 나도 서인하처럼 솔직해지고 싶었다.

"내가 진짜 배우가 될 수는 있는 건지, 내가 자격은 있는 건지, 운이 없는 건지, 하나도 모르겠더라고. 내가 앞으로 어떻게 버틸 수 있을지 그것도 무섭더라. 아마 그래서 네가 더 미웠던 것 같

아. 시시한 나를 보호하려면 방패가 필요했거든."

서인하가 고개를 푹 숙이고 나지막이 말했다.

"내가 이렇게 엉망진창인 인간이다. 진짜. 그래서 너한테 내 꼴을 보여 주기 싫었어. 근데 오늘 여기서 이렇게 만나게 될 줄……."

나는 서인하를 향해 한 발 다가섰다. 그때 서인하가 탈 버스가 곧 도착한다는 음성 안내가 들려왔다. 내가 작가였다면 우리 둘이 더 이야기를 나눈 다음에 버스를 보내 줬을 거다.

"나도 그래. 엉망진창이야."

서인하가 고개를 저었다.

"그렇다고 포기하는 건 아니지?"

서인하는 고개를 더 깊이 떨구었다. 학교를 포기한 내가 이런 질문을 하게 될 줄은 몰랐지만 서인하의 대답은 꼭 듣고 싶었다. 포기하지 않겠다는 대답을 꼭 듣고 싶었다. 그 일이 서인하를 영원히 엑스트라로 남겨 두는 건 아닐 테니까.

서인하를 알고 나서부터 나는 좋은 사람이 되고 싶다는 생각을 자주 하게 됐다. 무엇보다 내가 나에게 좋은 사람이 되어야 한다는 것. 그 생각이 결국은 누군가에게 좋은 사람이 되고 싶다는 바람으로 이어졌다. 서인하를 만나지 않았다면 나는 아직도 몸과 마음이 뾰족한 채로 어느 가장자리에 홀로 서 있었을 거다.

내가 이 시간의 주인공이라는 것을 깨닫지 못한 채.

　버스가 끼익 소리를 내며 멈췄다. 서인하는 잠시 망설이다 버스를 탔다. 뒷문 가까이에 앉은 서인하의 옆모습이 차창 너머로 보였다. 나는 서인하에게 손 인사를 건넸다. 한번 정류장을 지나간 버스는 되돌아오지 않지만, 그 버스가 가는 길을 알기에 조금씩 따라 걸어갈 수는 있다. 열심히 걷다 보면 그 애가 내린 곳의 발자국을 만날 수 있을 테니까.

클로즈업

밤 10시가 가까워 오고 있었다. 평소 같으면 잘 준비를 할 시간인데, 엄마 아빠는 책상 앞에 의자 두 개를 나란히 붙이고 앉아 노트북 화면을 뚫어져라 들여다보고 있었다.

오늘 밤 10시에 넷플릭스를 통해 30여 개 국가에 〈러닝메이트〉가 공개된다. 엄마 아빠는 할 일을 마치고 한 시간 전부터 부동자세로 있었다.

"지금 안 봐도 나중에 계속 볼 수 있어."

내가 말해도 엄마 아빠는 손사래를 쳤다.

"얘는, 이거 딱 올라오자마자 보려고 오늘 아침부터 얼마나 부지런히 일했는데."

엄마는 의자 하나를 더 끌어다 놓고 내게 앉으라는 시늉을 했다.

"뒤에만 잠깐 나오고, 앞에서는 나인 줄도 모르고 지나갈 거야."

내 말에 아빠가 안경알을 닦았다. 임세나 부모님도 이럴지 궁금했다. 하지만 누가 뭐래도 지금 이 공간에서 유일한 주인공은 나다.

"어머, 어머, 신혜다. 신혜!"

"어디, 어디?"

엄마 아빠는 몇 번이고 뭉클한 표정을 지었다가, 소리를 질렀다가 했다. 나는 바짝 긴장한 엄마 아빠를 지켜보는 게 재미있어서 휴대폰 동영상으로 남겨 두었다.

영화가 중반을 넘어가 임세나, 강민채와 3인4각 경기를 하는 장면에서는 온 우주의 시계가 멈춘 듯 정적이 흘렀다. 나도 알 수 없는 긴장감에 토끼 인형을 껴안은 채로 눈만 내놓고 화면을 바라보았다. 이 장면이 나에게 어떤 의미였는지, 하나하나 거창했던 그 이유들은 이제 제법 둥그스름한 형태의 덩어리가 되었다. 연기가 끝나고 난 뒤에 나는 내가 엉망진창으로 지내 왔다고 생각한 시간들과 화해할 수 있었다. 어느 누구도 미워하지 않고, 괜찮아질 수 있었다.

– 신혜야 너 화면발 도대체 무슨 일이야.

호연이가 실시간으로 보고 있다며 메시지를 보냈다.

내가 여기까지 이르는 과정에 호연이도 있었다. 그리고 또 한 사람.

밤비가 쏟아지는 공원, 임세나가 흐느껴 우는 장면이 나왔다. 모두 주인공에게 주목하는 시간, 하지만 나의 시선은 화면의 맨 뒤쪽을 향했다. 그곳은 다른 사람들에게 보이지 않는 공간이다. 그렇지만 나에겐 또 누군가에겐 이보다 더 특별할 수 없는 공간이다. 어둑한 배경 속으로 두 사람이 지나갔다. 마주 잡은 두 손이 화면에 보일 리 없었다. 하지만 분명 있었다. 우리 둘 그리고 손바닥 안에서 느껴지던 작은 온기.

손바닥을 펴 보았다. 내 손을 뿌리치지 않은 서인하의 마음은 어땠을지, 나는 자주 생각해 보곤 했다.

"어머! 저기 우리 신혜 아니야?"

엄마가 소리를 꽥 질렀다. 아빠가 깜짝 놀라며 벌떡 일어났다.

"우리 신혜 옆모습이네! 맞네!"

"어디? 어디? 난 왜 못 봤지? 뒤로 감기 좀 해 봐. 빨리!"

무던한 엄마 아빠에게서 좀처럼 볼 수 없는 명장면이었다. 어둠 속에서도 나를 알아봐 주는 엄마 아빠. 내가 주인공일 수 있게 언제나 어디에서나 함께해 주는 엄마 아빠. 코끝이 시큰했다.

나도 누군가를 주인공으로 만들어 줄 수 있을까? 엉망진창 엑스트라, 귀여운 이름을 갖고도 멋진 이름이 필요했던 미래 대배우. 하지만 그 사람을 주인공으로 만들어 주기 전에 한 가지 확인해야 할 것이 있었다. 메시지 하나를 급히 보냈다.

-나 임세나보다 잘 나왔지? 10초 안에 대답해.

중요한 질문이었다.

토요일 오후, 한강공원은 꽃구경을 나온 사람들로 북적였다. 절기상 봄이 시작된 이래로 오늘이 야외 활동을 하기에 가장 좋은 온도라는 예보가 있었다. 그래서인지 수많은 사람들이 친구, 가족과 함께 벚꽃 잎이 핀 거리에서 사진을 찍거나 잔디밭에 앉아 피크닉을 즐기고 있었다.

같은 모습을 한 사람들은 없었다. 각자의 시간을 자신만의 방법으로 걷고 뛰고 이야기하며 이 공간 속에서 장면을 만들어 내고 있었다. 우리는 모두 저마다의 시공간 좌표계를 지니고 있다는 담임의 말을 이제는 이해할 수 있었다. 그러지 않고서는 모두가 주인공으로 보이는 이 놀라운 광경을 설명할 방법이 없었다. 한강물마저 자신의 속도대로 유유히 흐르고 있었고, 태양은 하늘 한가운데에서 모두가 알맞다고 느낄 만한 온도의 빛을 내려 주고 있었다.

꽃샘추위에 민소매 옷을 입고 마라톤하던 날이 떠올랐다. 일 년 만에 찾은 한강은 그때와 사뭇 다른 느낌으로 다가왔다. 그때의 나와 지금의 나는 어떻게 다른 걸까? 설명할 수 없는 부분도 많지만, 나는 내가 그 어느 때와 달리 의미 있는 순간순간을 내 속도대로 통과하고 있다고 믿게 됐다.

시간이 조금 남아서 빈 벤치에 앉아 지나가는 사람들을 바라보았다. 그러다 오롯이 나를 위한 사진 한 장을 남겨 두고 싶어졌다. 휴대폰을 셀카 모드로 바꿨다. 손바닥만 한 화면에 내 얼굴이 가득 들어찼다. 유난히 사진발이 좋지 않아 사진 찍는 걸 좋아하진 않지만, 오늘은 내 모습 그대로를 기록해 두고 싶었다. 화면 속 나를 바라보며 씨익, 한번 웃어 봤다. 이건 나만을 위한 앵글이니까.

찰칵!

내 얼굴 뒤로 사람들과 자전거가 지나가는 배경이 담겼다. 내 얼굴을 휴대폰 카메라에 한 번 더 비췄다. 화면 한 귀퉁이에 내가 보고 싶어 한 얼굴이 언뜻 보였다 사라졌다. 뒤를 돌아보니 언제 봐도 반가운 그 아이가 나를 향해 손을 들어 인사했다.

"이름이 뭐예요?"

명랑한 목소리도 여전했다. 어떤 대답을 해 줘야 할까.

"지나가는 행인 2요. 그쪽은요?"

웃음이 났다.

"저는 행인 1이에요. 내일은 햄버거 가게 점원 1이고요."

내 친구 서인하가 참지 못하고 웃음을 터뜨렸다.

서인하의 시공간 좌표계는 달라지지 않았다. 이 순간을 자기만의 속도로 달려가고 있을 뿐이었다. 그것은 내게 확신과 같았다. 엉망진창인 채로도 잘 걸어왔을 것을 믿기 때문이다. 그 엉망진창인 시간들을 생각하면 나는 오히려 어떤 기대감에 가슴이 벅차올랐다.

내가 손을 내밀자 서인하가 자연스럽게 내 손을 잡았다. 이건 그 어떤 대본보다 완벽했다. 우리가 맞잡은 두 손의 배경 속으로 수많은 엑스트라들이 있는 듯 없는 듯 지나가고 있었다. 부족하다고, 엉망이라고, 그게 아니라고 누가 크게 NG를 외쳐도 이제 우리는 괜찮을 수 있겠다. 내 세계에선 내가 주인공이니까. 그리고 너라는 주인공도 함께일 테니까.

같은 모습을 한 사람들은 없었다.
각자의 시간을 자신만의 방법으로
걷고 뛰고 이야기하며 이 공간 속에서
장면을 만들어 내고 있었다.

꽃샘추위에 민소매 옷을 입고
마라톤하던 날이 떠올랐다.
일 년 만에 찾은 한강은 그때와
사뭇 다른 느낌으로 다가왔다.
그때의 나와 지금의 나는 어떻게 다른 걸까?

설명할 수 없는 부분도 많지만,
나는 내가 그 어느 때와 달리 의미 있는
순간순간을 내 속도대로
통과하고 있다고 믿게 됐다.

줌 아웃의 세계에서
내 이야기의 주인공이 되는 법

김담희(사서 교사)

소설을 읽는 내내 학교 도서관에서 만난 B의 구체적인 얼굴이 떠올랐다.

B는 등교한 순간부터 집에 가고 싶다는 말을 입버릇처럼 하는 청소년이었다. 학업 스트레스가 심한가, 친구 관계에 문제를 겪고 있나, 정서적인 어려움을 겪고 있나 등 B의 여러 사정을 짐작하며 때로는 격려로 때로는 농담으로 B의 말에 응답해 오던 나는 소설을 읽으며 더 나은 대답을 찾을 수 있었다.

『엑스트라』의 주인공 장신혜(이하 신혜)에게 "학교라는 공간은 모두를 위한 곳임을 강조했지만, 오로지 주인공의 좌표로만 움직이는 공간이었다."(39쪽) 열여덟 해 동안 신혜는 주인공의 좌표에서 멀어지지 않기 위해 "나를 존중하지 않는 애들인 줄 알면서도 곁을 내주려 안간힘을"(157쪽) 써 왔다. "보여도 보이지 않는 존재가 된 나를 나 스스로가 알아차리"(75쪽)고도 괜찮은 척, 모른 척해야 했던 쓸쓸한 마음이 모욕으로 바뀌는 하굣길이 반복되던 어느 날 신혜는 학교라는 공간에서 벗어나기를 선택한다.

나를 다각도로 바라보기

소설은 강바람이 부는 꽃샘추위를 견디며 마라톤 신을 촬영하는 장면을 풀숏으로 담으며 시작한다. 풀숏에서 시작한 소설은 이제 막 고등학교를 자퇴하고 엑스트라 단역 아르바이트를 하는 신혜를 중심으로 줌 인, 줌 아웃, 플래시백의 과정을 반복하다 마침내 클로즈업으로 다가간다.

소설의 소제목에 등장한 위와 같은 촬영 기법은 등장인물의 이야기를 다각도로 관찰하게 한다. 그 과정에서 독자는 더욱 인물의 이야기를 잘 이해할 수 있게 되고, 독자 자신의 이야기로 투영하여 상황을 다채롭게 바라볼 수 있는 관점을 얻는다.

우리는 흔히 인생을 영화에 비유한다. 소설 바깥의 독자뿐만 아니라 소설 속 신혜 역시 점차 자신의 삶을 다각도로 관찰하는 과정을 통해 자기 자신을 좀 더 깊이 이해하게 된다.

내가 머무는 '시공간 좌표계'에서 완전히 벗어나는 일은 누구에게나 쉽지 않다. 그러나 약간의 각도를 트는 일은 시도해 볼 수 있을 것이다. 신혜에게는 자퇴라는 선택이, 엄마와의 대화가, 엑스트라 아르바이트를 하며 경험한 일이 새로운 방향으로 각도를 틀 수 있는 계기가 되었으리라 생각한다.

주인공과 엑스트라의 경계를 경쾌하게 넘나들기

"학교 안의 엑스트라가 되기 싫어 학교 밖으로 나온 나는 진짜 엑스트라가 되어 학교로 돌아왔다."(165쪽) 신혜는 주인공의 좌표에서 멀어지지 않아야 한다는 부담 따위는 없이 엑스트라의 자리에 머물며 촬영하는 영화의 주인공이자 시대의 아이콘이라 주목받는 스타 임세나를 관찰한다.

주인공이 겪는 찬사와 비난을 목격하며 우리는 질문할 수 있다. 주인공이란 무엇인지, 주인공이라는 이유로 감내해야 하는 일의 범위는 어디까지인지, 그럼에도 주인공의 자리에 머물고 싶다면 그 이유는 무엇인지 등을 말이다. 동시에 신혜는 사람들 눈에 보이지 않는 엑스트라 역을 가장 성실한 자세로 해내는 서인하를 만나 그가 친절하게 내민 손을 잡으며 서서히 친구가 되어 간다.

"난 네가 되게 잘 보여."

내 말에 서인하는 사례까지 들렸다. 서인하는 튀지 않게 목을 가다듬었다. 우리는 엑스트라지만 촬영장에서는 프로답게 행동한다.

서인하가 나를 바라보았다.

"나도 네가 잘 보여."(133쪽)

귀 기울여 주고 온전히 보아 주는 사람이 있을 때 한 사람은 온전히 자기 이야기의 주인공이 된다. 주인공의 배경이 되어 주는 줌 아웃의 세계에서도 주인공이 되는 법을 알게 된 신혜는 그 변화를 이끌어 준 인하와 서로가 서로의 주인공이 되어 주는 사이로 성장한다.

서로를 주인공으로 만드는 자리에서 우리는 어디서나 주인공이 될 수 있다. 동시에 그러한 서로가 있는 자리에서 우리는 더 이상 주인공이지 않아도 괜찮다는 사실을 알게 된다. "우리 둘 사이엔 대본이 없었다. 어떤 말을 해도 NG를 외치는 사람이 없다. 줌 인, 줌 아웃 어느 초점에서도 자유롭다. 어쩌면 이건 주인공의 세계에서나 가능한 일이 아닐까?"(134쪽) 주인공과 엑스트라의 경계를 경쾌하게 넘나드는 둘의 이 변화가 무척이나 아름답다.

새로운 질문을 던지기

전교생과 함께하는 달리기 대회 촬영 날, 신혜는 우연한 기회로 세상이 다 아는 주인공들과 함께 출발선에 서게 된다. "한때 내가 주인공이라 여기던 그 아이들과 그토록 함께하고 싶어하던 일이었"(153쪽)음을 떠올리며, 일 년 전 과거를 회상한다.

그리고 이 플래시백 과정을 통해 곧 신혜는 깨닫는다. "그 애들을 내 이야기의 주인공으로 만들어 버린 사람은 바로 나였다."(158쪽)는 사실을, 내가 온전히 혼자라고 생각했던 순간에도 나라는 존재를 알아봐 준 사람이 있었다는 사실을 말이다. 그 순간 신혜의 질문은 변화한다. "어떻게 하면 주인공으로 살 수 있는 걸까?"(79쪽)에서 "그런데 나는 누구 옆에 있어 주었지?"(167쪽)로 말이다.

새로운 관점은 새로운 질문을 만들고, 새로운 질문은 새로운 행동을 불러온다. 신혜는 용기를 내어 가장 정직한 방법으로 호연에게 사과한다. 그리고 호연에게는 너무 늦게 내민 손을 인하에게는 더 늦지 않게 내밀 용기를 갖는다. 그렇게 맞잡은 두 손 안에는 서로의 작은 온기가 고인다.

"서인하를 알고 나서부터 나는 좋은 사람이 되고 싶다는 생각을 자주 하게 됐다. 무엇보다 내가 나에게 좋은 사람이 되어야 한다는 것. 그 생각이 결국은 누군가에게 좋은 사람이 되고 싶다는 바람으로 이어졌다. 서인하를 만나지 않았다면 나는 아직도 몸과 마음이 뾰족한 채로 어느 가장자리에 홀로 서 있었을 거다. 내가 이 시간의 주인공이라는 것을 깨닫지 못한 채."(188-189쪽)

신혜는 학교를 그만둔 자신의 결정을 도망이라고 해석해 왔다. 그러나 같은 사건을 엄마, 아빠는 "용기 있는 탈출"(139쪽)이라고 해석했으며, 호연은 "학교가 아니어도 갈 곳을 찾은 네가 부러웠어."(174쪽)라고 말해 주었다. 나의 선택을 존중하고 곁에 머물며 나를 온전히 바라봐 주는 곁의 사람들 덕분에 신혜의 질문은 한 번 더 변화한다.

"나도 누군가를 주인공으로 만들어 줄 수 있을까?"(193쪽)를 묻는 신혜는 어떻게 주인공이 될 수 있는지를 묻던 신혜와는 아주 다르다. 신혜는 마침내 "엉망진창으로 지내 왔다고 생각한 시간들과 화해할 수 있었다. 어느 누구도 미워하지 않고, 괜찮아질 수 있었다."(191쪽)

나를 조금 다르게 볼 수 있는 방법은 무엇일까? 내 곁에 존재하는 사람들은 누구일까? 나는 누구 옆에 있어 줄 수 있을까? 나도 누군가를 주인공으로 만들어 줄 수 있을까? 등등 B와 이 책을 함께 읽으며 나눌 수 있는 질문들의 목록이 이렇게나 두텁다. 여러 삶의 경험과 관계 속에서 자신의 자리를 찾아가는 청소년 독자들에게 꼭 필요한 이야기이리라 자신한다. 부디 그 과정이 안전하고 즐겁기를, 자신이 발견한 자리에서 머물다가도 그 자리에 갇히지 않고 언제고 훌쩍 경계를 넘을 수 있기를 마음 다해 응원한다.

지하철 벽면 광고판에서 화사한 빛이 뿜어져 나오고 있었어. 아이돌 멤버 J의 생일을 축하하기 위해 그의 팬들이 만든 영상이었지. 팬들은 광고판 앞에 서서 J의 영상을 배경으로 사진을 찍거나, 그 영상을 휴대폰으로 촬영하고 있었어. 누군가와 통화를 하며 그 영상이 얼마나 아름답게 빛나고 있는지를 설명하는 팬도 있었지.

그들은 광고판 속에서 움직이는 주인공과 함께 시공간을 완벽하게 공유하며 한마음으로 서 있었어.

하지만 그 공간 앞에 발을 붙이고 서 있는 오늘, 너의 생일을 축하해 주는 사람은 아무도 없었지. 그래, 너는 주인공이 아니었으니까.

나는 광고판으로부터 서서히 밀려나는 너를 지켜보았어. 너는 담담한 표정을 지으며 외투 주머니에 두 손을 찔러 넣었지. 내가 주인공이었다면 오늘 처음 본 너의 생일을 축하해 줄 용기를 가질 수 있었을까. 덤덤하게 발길을 돌리는 너에게 달려가, 외투 주머니 속 너의 손을 잡아 줄 수 있었을까.

망설이다 결국 아무것도 하지 못한 채 집으로 돌아온 나는 자리에 앉아 이 글을 몇 번이고 고쳐 썼어.

화려하게 빛나는 공간 앞에서, 저마다 행복한 모습으로 같은 시간을 공유하던 사람들 틈에서 나에게 주인공은 그 누구도 아닌 너였다는 말을 꼭 전하고 싶어서.

부디 이 작은 글이 너에게 닿기를 바라. 보이지 않아도, 거기에 있었던 너에게. 무사히.

엑스트라

1판 1쇄 발행 2024년 5월 30일

지은이   지혜진

편집   이혜재
제작   세걸음

펴낸이   이혜재
펴낸곳   책폴
출판등록 제2021-000034호
전화   031-947-9390
팩스   0303-3447-9390
전자우편 jumping_books@naver.com

© 지혜진, 2024

ISBN 979-11-93162-27-9 (43810)

너와 나, 작고 큰 꿈을 안고 책으로 폴짝 빠져드는 순간
책폴

블로그   blog.naver.com/jumping_books
인스타그램 @jumping_books